U0750812

潘帕蓝调

Pampa Blues

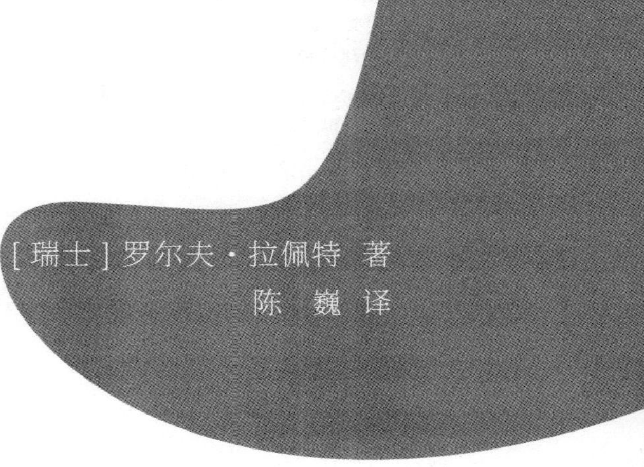

[瑞士] 罗尔夫·拉佩特 著
陈 巍 译

浙江文艺出版社
Zhejiang Literature & Art Publishing House

图书在版编目（CIP）数据

潘帕蓝调 /（瑞士）罗尔夫·拉佩特著；陈巍译. —杭州：浙江文艺出版社，2019.3

书名原文：Pampa Blues

ISBN 978-7-5339-5496-3

Ⅰ.①潘… Ⅱ.①罗… ②陈… Ⅲ.①长篇小说—瑞士—现代 Ⅳ.①I522.45

中国版本图书馆 CIP 数据核字（2018）第 276250 号

潘帕蓝调

作　　者：〔瑞士〕罗尔夫 · 拉佩特
译　　者：陈　巍
责任编辑：童炜炜
封面设计：吴　瑕

出版发行：浙江文艺出版社
地　　址：杭州市体育场路 347 号
网　　址：www.zjwycbs.cn
印　　刷：浙江超能印业有限公司
经　　销：浙江省新华书店集团有限公司
开　　本：880 毫米×1230 毫米　1/32
字　　数：146 千字
印　　张：8.125
插　　页：2
版　　次：2019 年 3 月第 1 版
印　　次：2019 年 3 月第 1 次印刷
书　　号：ISBN 978-7-5339-5496-3
定　　价：**36.00 元**

1

我厌恶我的生活。三年之后我二十岁，四十岁的一半。八年之后卡尔九十岁，我二十五岁，也许还待在这里，与他同住。我不想这样，现实让我受够了。

卡尔赤条条地站在我面前。雪花般的泡沫贴在他瘦骨嶙峋的肩膀上，他哆嗦了几下。因为浴室里暖和，镜子上蒙了一层雾气，天花板挂满水珠。我替卡尔擦背，他的手够不着。卡尔自己干不了的事，够写上几本书了。卡尔颤颤巍巍，伸手扶着墙壁。六十五年后我也会像他那样老态龙钟。

“这里，你撒尿的玩意儿自己擦。”我说着递给他毛巾。

“这玩意儿还中用。”卡尔轻声嘀咕道，咯咯地笑起来。

有时候卡尔什么都明白，甚至包括下流话。他的脑袋犹如一台老旧的收音机，布满灰尘的晶体管还在不时发亮，接收信号。但多半最简单的话就够他受了，遇到麻烦的日子只能接收“吃饭”“睡觉”“蛋糕”等个别字眼。与卡尔一起生活就像是在走下坡路。一旦他大脑哪天罢工，我们俩就彻底无法交谈。我不知自己会不会若有所失。

我十五岁开始跟卡尔学园艺。我妈觉得这主意不错，但不过是权宜之计，是爸爸去世后抛开我的最简单的办法。卡尔其实没能力再带徒弟，当时他的大脑虽能正常运转，但已过于陈旧，膝盖也不好使，只适合在花园里独自消磨时光。尽管这样，我妈还是与管理部门谈妥了。我相信，对于本地众多辍学者和失业青年来说，政府官员们反正不在乎我干什么。重要的是，我有人照料，不再四处游荡，不会吸食毒品。

卡尔教我填埋花茎，修剪玫瑰花丛，换盆，栽种苗木。我从他那儿学会了制作混合肥，驱除蚜虫。我能区分林下石竹与降临节石竹，耙子与锄头也使得不赖。在卡尔这儿，我学不到外面世界如何运转，也没有尝过抚摸女孩子身体的滋味。

有一年，我妈每周四都开车送我去城里的职业学校，一小时去，一小时回。她是歌手。那段时间她随舞蹈团在聚会、企业庆典和婚礼上献艺。实际上我妈是爵士歌手。她与一支四重奏乐队在欧洲巡回演出。钢琴师、萨克斯管手、低音提琴手，打击乐手和她。在新闻照片上可见她身穿黑色长裙，手戴长及胳膊肘的黑手套。其他四位音乐家同伴穿黑礼服，打领结，冲镜头微笑。照片下方用弧形字体写着“黑贝蒂和祖母绿爵士乐队”。我妈结婚前叫帕斯拉克，贝蒂娜·帕斯拉克。她觉得这个名字听上去有太多诺伊鲁平的乡土味，缺少纽约大都会的气息。我爸姓席林，她从来不用这个姓。她护照上的名字是贝蒂娜·席林·帕斯拉克，但在音乐界大家只知道她的艺名。她演出游历了很多地方，足迹几乎遍及整个欧洲，从巴勒莫到赫尔辛基，从阿里坎特到华沙。然而远远算不上事业成功。不知道是什么原因，也许她缺乏雄心，缺乏真正的刺激，或者缺少一名能力出众的经纪人。再或者是她的声音太普通了。要么就是爵士乐——我是说，现在究竟谁还在听这个？

卡尔洗完澡，我帮他穿衣服，然后做我们俩的午餐。卡尔负责摆餐具。每周一次看望卡尔的护士维尔尼克女士告诉我，要每天给卡尔派些活干，这样他大脑就有事可做了。卡尔的一项工作就是每天一日三餐摆桌子。维尔尼克女士说，这是一种训练，能提高精神活动能力。但是，对于卡尔来说，干活似乎不能真正奏效。大多数情况下，他总会忘记些什么，一只调羹、一只杯子，或是两张餐巾纸。常常每只碟子旁摆了两把叉子，可没有餐刀，或者他摆好了咖啡壶，却忘记了杯子。有时候，他站在空荡荡的桌子前，想不起该做什么。我不得不替他取来碗碟和刀叉，演示给他看。如果他哪天遇上麻烦，用手无助地转动调羹达五分钟之久，我便请他坐到椅子上，让他剪纸片。这件事他从未荒废过。

今天，卡尔遇到了好日子。刀叉虽然放错了方向，但他都没有忘记，除了杯垫和纸巾。他穿着一双黑色短袜、一条宽大的灰色长裤和一件白衬衫。他若刮过胡子，外观还算过得去。我从抽屉里取出餐巾纸，往他领口上一塞，然后高高地挽起他的袖子。

“谢谢。”卡尔说。他每天向我道谢无数次，无论我有没有帮他穿拖鞋，有没有帮他在面包上涂黄油或者擦眼镜。

“祝你好胃口。”我说道。

“谢谢。”卡尔回答。放在他旁边地上的饼干桶里满是拇指大小的蓝色碎纸片。

每当我早晨没有睡醒，或到了傍晚因白天的折磨而心烦气躁时，我便打开水槽边的收音机，不去听卡尔发出的噪声：呼气声、喝水声、咀嚼声、咂嘴声。但现在是午餐时间，所有的电台都在播放乌七八糟的节目，我只得听任这样。

“每周回顾。”卡尔说。

“什么？”卡尔有时候的用语，我之前从未听见过。我彻底惊呆了，不由得想起他大脑还没有变成碎屑状海绵体时，他给我讲的故事。

“塞尔玛就是这么说的，每周回顾。”

卡尔能自己戴帽子，三分钟后，他却问，帽子放哪儿了。但是，他大脑里有几条“导线”会不时接触，多年来栖身角落的蒙尘回忆便会忽然闪现。

“我们这里是世界上最荒凉的角落，不是英国王宫。”我粗鲁地说。我这些日子过得不顺，今天也是。早上，卡尔把胶水抹到了头发上；吃早饭时，蛋黄滴到了刚洗净的睡裤上；本该在浴缸里洗澡，但他却像个孩子那样坚决拒绝。

“味道不错。”卡尔说，讽刺与挖苦在他身上不起作用。我会向他大吼一声，他身子缩成一团，不知所措地注视我。过后我每次都感觉特别内疚，向他道歉，给他削个苹果或剥只橙子。

“瞧，我平静下来了。”我说道。

我只在照片上见过奶奶。我出生之前，她就离开了卡尔。为什么卡尔恰好在今天想起她，我认为是个谜。“每周回顾”这种表达肯定不是他的杜撰。午餐是昨天的肉排、前天的卷心菜、礼拜二的大米和上周的大理石蛋糕。“每周回顾”我觉得是恰如其分的表达。

“别忘了你的药。”我说着把盛药片的托盘推向他。

“谢谢。”卡尔把胶囊一颗接一颗放在舌头上，喝了口水吞下去。

有时候，并非经常，我想象卡尔如果去世该是什么样子。

6

我不希望早晨发现卡尔死在他床上。假如我奶奶没有离开他，她会替卡尔操劳。宣称自己能决定生活的人简直太无知了，而且他肯定没有需要照顾的年迈祖父。

晌午，我从谷仓推出嘟嘟车。三年前我在电视里看到过一则关于印度尼西亚的报道，那里有成千上万辆嘟嘟车在街上行驶。从本地一个农民霍斯特那里我获赠了一辆破烂的小型摩托车。作为回报，我要替他修理电动挤奶机。我对技术设备还略知一二，从马斯洛的车库和专业书籍中掌握了这些技能。三个礼拜之后，我第一次驾驶嘟嘟车出行。油漆和装潢是后加的，我一直把所有可能的玩意儿都贴在侧壁和车厢顶部：硬币、经风雨磨损的玻璃碎片、用麦片包装盒制成的塑料玩具、没用的钥匙、单个棋子、蜗牛壳、轮毂盖、老鼠的白色颅骨。有时候马斯洛也给我弄些玩意儿，还有霍斯特、维利、奥托。例如尾灯罩，没有一辆汽车会有这些“配件”，一只意大利产的金属瓶盖，一个袖扣，一块税牌。安娜有时送我一枚便宜的人造宝石装饰的胸针或者一根折断的发针，它们在太阳光下熠熠生辉。每周都有新玩意儿粘到上面。

我在阴影下停稳嘟嘟车，返回屋子。卡尔坐在厨房凳子上，注视着他的鞋子。他的手放在膝盖上，满是皱纹与斑点，青筋暴出。我见过他年轻时的照片，身材强壮，满头乌发，形象冷酷，眼睛明亮，没有丝毫的怀疑与不知所措。照片摆在卡尔衣柜的盒子里，我几乎无法相信，照片上的同一个人眼下正坐在我面前，连怎么系鞋带都想不起来了。

我竭力不去想，但这恰恰让我产生了最多的恐惧：总有一天我也会变成这类人，蹲在该死的矮凳上，想不起过去的生活。因为，我一无所有。

“这非常简单，瞧。”我对卡尔说，跪在他跟前，替他系好左脚的鞋带。

“谢谢。”他说。

“另一条鞋带你来系。”

卡尔犹豫起来，他手指攥住鞋带，迂腐地打着十字，然后忘了下面的步骤：“现在呢？”

“把一头从另一头下边穿过去。”我说道。

卡尔极其缓慢地做了几次没有意义的尝试，他唉声叹气着，好像在干最难的活。

“算了，就这样吧。”在他全然不知所措之前，我从他手里接过鞋带，帮他系上。

“谢谢。”卡尔说。

我在他脑袋上戴好头盔，拉紧系在颌下的皮带，然后替他拿上装满碎纸片的饼干盒。爷爷依旧说了声：“谢谢”。

谷仓里停放着一辆老旧的大众面包车。其实只是一具外壳下生锈的车身。座位靠在墙壁上，用空置的化肥袋勉强抵挡大风透过木板缝隙刮入的尘土。发动机躺在棺材状的木箱里。每隔几周马斯洛就会费好大劲搞来一个配件，有时候数月都一无所获。凭这种干活速度，我到三十岁才能修好这辆车。

假如卡尔能够活到那时候，将年满九十五岁。就像他站在日光下，戴着头盔，如同一名高龄宇航员，无忧无虑地注视远方。我相信他活到一百岁都没有困难。

我帮卡尔跨入车厢，把饼干罐放在他两腿之间。

“我们去哪儿?”他问道。

今天他已经问了二十遍。

“去安娜那儿。”我说。他展露微笑，仿佛充满好奇。

我坐上嘟嘟车，踩下踏板，发动机立刻启动了。我不知道我做卡尔的护理员是否合适，但是干机修工我还真不赖。

2

我在商店门口停好嘟嘟车，走到卡尔跟前。卡尔下车时没往常那么灵巧，因为他一只手捧着饼干盒。我接过饼干盒，搀住他胳膊，免得他滑倒。大约一年前，我稍不留神，他就摔了一跤，右手扭伤，一个多月都不能自己刷牙。像卡尔这把年纪的老人拥有一副好牙真让人啧啧称奇。我打心眼里希望他大脑能像牙齿这般灵光。马斯洛卖给我的那把电动牙刷，在商店的货架上摆了好几年。要不是冲着店员特价，我才买不起这玩意儿呢。

这只嗡嗡作响的牙刷曾经把卡尔吓坏了，他拒绝张嘴。我好言相劝，但是没有效果。有一次我朝他怒喝：别像个小娃娃！他才闭上眼睛，张开嘴。刷牙的过程的确让他害怕，他彻底呆住了，那神情就像精神病患者，或癫痫病人，嘴巴冒泡。

次日我又用电动牙刷给他刷牙，他那副样子好像我要宰了他。僵持大约持续了两周。之后电视上播放了一则广告，一名女子用电动牙刷刷牙。从此他才觉得可行。牙刷第一次在他手上嗡嗡作响时，他有点害怕，随后便咯咯地笑了，痴迷地注视着牙膏在上面飞溅。

温格罗登杂货店既是理发店又是邮件收发处。橱窗里还摆放着布满灰尘的游乐场模型，小木屋、铁轨、摩天轮和一个画上去的湖，湖面上漂着小船和死昆虫。在橱窗玻璃上可以读到局部脱落的黄色字体：马斯洛杂货店与邮件收发处。门上贴有手绘的招贴画：发型设计。

商店里还摆放着罐头、浓缩汤料、贺卡、蜡烛、钉子、铅笔、铁锹以及上千种某些住在此地的人也许有时需要的物品。货架上还躺着若干没有用途的商品：一次性相机和吹胀的航空护颈枕。村里没有人外出旅行。

门上方挂着一只铃铛，若有人走入商店内，便会发出轻微的响声。卡尔每次抬头，都吃惊地朝铃铛微笑，好像他过去从未听过这声音似的。

“谢谢。”他说。我不知道，他是否因为我替他开门而感谢我，或者是因为丁零声而感谢铃铛。

“我马上就来。”安娜在仓库里喊，售货台后面有扇门通向里间。

没人知道安娜的真实年龄。我猜测她大概三十五岁，但是马斯洛声称，她还不到这个年纪。对于阿尔方斯和其他农民来说，她特别年轻，而对她而言，每个五十岁以下的人都是孩子。友友无所谓安娜多大年龄。倘若她八十岁，他也会爱他。这当然是一派胡言。另一方面，没人知道友友的情况。

卡尔指了指放牛轧糖的玻璃瓶，再看看我。他几乎无法有条不紊地摆桌子，这段时间他都不知道桌子是什么，但是他每次剃头都能获得一块牛轧糖。他这方面的记忆力堪比一头聪明的大象。有时候我怀疑卡尔只是装得越来越健忘，但是随后我在早上便发现他在房间内光着身子，瑟瑟发抖，因为他脱了睡衣，却想不起衣服放在衣柜里了。或者他坐在走廊上，独自抹泪，因为门被卡住了，他还以为我把他关在了门外。然后我知道，他没在演戏。假如我不得不无数次地向他指明，他的内裤、袜子、裤子和衬衫放在哪里时，他每次都会觉得无比悲哀。我在走廊上找到他，他总是笑容可掬地注视我，仿佛我会原谅他不断犯下的错误和蠢事，重新接受他。

这些时候我也无法确知我对卡尔的真正感受。一方面，他是我爷爷，差不多算我唯一的亲人。其实我肯定爱他，我也高兴有他在。另一方面，他又是我栖身这片穷乡僻壤的原因，充当厨子、司机、护理员，特别是什么都得管的该死的仆人。倘若我宣称爱卡尔，那必是撒谎，但我也没有足够的理由真正恨他。我感觉至深的是同情，是对于一位孤立无援的老人——我父亲的父亲的同情和一些剩余的好感。

房间角落的一台冰柜发出轻微的嗡嗡声。上面挂着一幅警告狂犬病的招贴画。墙壁上固定着木架，分成二十个方格，也就是小信箱，很多年前就不向每户人家分送邮件了。每个开口上方镶有名牌：库尔特、维利、霍斯特、奥托、安娜/高尔基、友友、卡尔/本。剩下的十三格信箱是空的，其中有一个写着赫尔曼，但他在五年前就去世了。我小时候，每个信箱都有主人。十八个信箱，二十五位居民。那时候奥托刚刚结婚。还有一个采砂场，包括主人及其家庭。如今采砂场已经变成了一个湖，岸边躺着生锈的传送带和坍塌的木屋。夏天，我受不了无聊和酷热，便开车去那儿，四处戏水。湖底躺着一台挖掘机，它的翻斗锯齿形边缘好似巨兽的大嘴。

我小时候大多数假期都在爷爷这儿度过。春天，夏天和秋天。那时花圃尚在经营，对于城里来的小孩，那里是一处巨大的冒险游乐场。有一间木制工棚，里面堆满机械设备与工具；有一处盖着木板的水坑，人们可以经由水坑潜水到澳洲去。一间玻璃暖房，变成了坠毁的飞机、海盗的藏身之处或者城堡内的监狱。还有爷爷，按要求假扮成敌方的士兵、原始森林的魔鬼或者诺丁汉的郡长。

奶奶塞尔玛当时已经离开了。卡尔的姐姐欣雷特从四月到十月在花圃和房子里帮忙。冬季的几个月她住在农庄的库尔特那儿，为卡尔洗衣做饭。欣雷特一直像对待小王子那样溺爱我，每天早上都给我烤制果酱蛋糕，还用绿色毡子给我缝制罗宾汉帽子，拿洗衣机的空盒子制作宇航员头盔。她像工具棚边的大树那样粗壮、浑圆，站在那棵树上，我用卡尔的望远镜可以看到吉尔吉斯斯坦和印度洋。很久以前她因为急性盲肠穿孔去世了，但是我仍旧想念她。

安娜从仓库里走出来，把纸板盒放到柜台上。尽管她有点疲惫，显得莫名的悲哀，但还是异常美丽。几年前我就爱上了她，像小男孩爱上大姐姐，而眼下我的情感有所减弱。每当我看到她身穿蓝色大褂，都有点紧张，只是我不再结巴，也不再热汗直流。我把这些委托给了友友，他生活在另一个世界，一部电影里，在影片里安娜是他太太，而不再是那个疯狂俄国佬高尔基的妻子。

我有时心里寻思，安娜为何不离开此地。她是这个穷乡村的唯一女性，比这家破败的商店和可怜的高尔基能挣得更多钱。高尔基窝在家里，不停地酗酒，用小刀划伤自己。马斯洛说，婚姻的意义在于人们共同生活，尽管存在问题。但是马斯洛没有结过婚，他真的知道婚姻的内涵吗？

“喂，你们好！”安娜从玻璃瓶内取出一块牛轧糖，递给卡尔。

“谢谢。”卡尔在手中转动糖果，在闭上眼睛，噘起嘴巴，在躲到房间的角落仔细咀嚼之前，充满敬畏地观察它。我不由得把目光移向别处，因为卡尔此刻看上去特别丑陋。像一个曝光不足的古怪隐居者，童话之中的善良仙女每年一次满足他对最喜欢菜肴的愿望；或者像一头奇异的啮齿动物，找到了一顿美餐。

安娜拉上隔开商店与理发角的帘子，洗好手。卡尔坐到椅子上。我这才发现忘记帮他摘头盔，赶紧补救。

“卡尔，腿怎么样？”安娜在给卡尔围白纸衣领时，问道。

“嗯。”卡尔回答。

我相信，他在吸吮牛轧糖时，脑子里一片空白。

“还可以。”我替他回答。

安娜咯咯一笑。把一块带有野性图案的彩色围裙给卡尔披上，在他背部系好围裙带。她瞧瞧我，好像在等待什么。“这条腿，可以。”她微微一笑，然后匆忙一挥手，似乎要赶跑一只可恶的昆虫。

“哦，是的，这条还行。明白了。”我微笑地回应，但是安娜已经转过身，从架子上拿起梳子与剪刀。我手捧一本画报坐在窗前的椅子上，装出想阅读的样子。安娜给卡尔讲了一个故事，是到这儿迟了两天的报纸上的内容。她知道卡尔不理解，但仍旧与之攀谈，平静，几乎温柔，为了他老朽的耳朵大大压低声音。卡尔像个呆子一样坐着，把剩下的牛轧糖塞入嘴里，独自哼唱着小曲。

采砂场的老板赫尔曼·吕德斯的妻子叫伊尔瑟，女儿叫耶特。耶特比我小一岁，身材消瘦，相貌平常，我们是当地仅有的小孩子，在假期共度了许多时光。大人不允许我们在采砂场区域玩耍，实际上只能待在花圃里。我向耶特展示与世界其他地方的联系：瞭望塔、飞机残骸，但是她不喜欢肮脏的地方，觉得无聊，便坐入一只空雨水桶中，那样子好像要被食人族烹调。她最喜欢的角色是空中小姐，飞机坠落在丛林里时得以幸存，不得不照顾受伤的飞行员。受伤的飞行员自然是我。她把我的脑袋、胳膊和腿包扎好，要求我痛得呻吟，这样便可以好好劝慰我。这些当然是她从电影里看来的。我不喜欢受伤躺下，让我高高卷起袖子或者一条裤腿。而且我也不愿意耶特用她的手帕擦拭我的额头。那时我还不知道多年以后这里将没有一个女孩可亲吻，不然我会在她身上试试，尽管耶特的嘴唇窄薄、皲裂，实际上我不可能喜欢她。

有时候我梦见耶特·吕德斯。总是相同的梦。我们乘坐的飞机坠毁在丛林，正是我们一再上演过的。我躺在地上，耶特用手绢擦我额头。然后在她身后冒出一条长蛇。我正想提醒耶特，但是嘴里却发不出声。这条蛇缠住耶特的脖子。我无法挪动胳膊帮助耶特。她的眼睛变得愈来愈大，张开的嘴突然变成一个山洞，一口黑井，我掉了进去。我感觉到坠落。在落到井底之前，我醒了。

画报上没有令我感兴趣的内容。总刊登些名人结婚，又离婚的报道。总有某位精英在旁边表演醉驾或者从酒店窗户扔出一台电视机。偶尔我也看报，也许一月两次，我感觉足够了。反正发生的事大同小异。我们在温格罗登不必天天了解最新情况，地球没有我们也照样旋转。另外还有电视，如果哪里遭受陨石袭击或者爆发战争，三分钟之后电视就会给观众提供所有新鲜的报道。卡尔有一台电视机，从我五岁时起，就一直摆在他的起居室内。这是一台黑色大电视，人必须到电视机很近的地方落座，图像才不会颤抖。遇到暴风雨或者天线积雪，电视机就彻底发狂了，三套节目没有一套可以正常收看。在我妈送来大约两年前答应我的新电视机之前，我担心这台老爷电视机很快就会彻底断气。

当安娜把梳子和发剪放到镜下的架子上时，我才听到高尔基的声音。这段时间我得对此习以为常，但是这种乱嚷嚷每次都引起我的恐慌。甚至本来需要助听器的卡尔，都用那种世界末日的眼神注视我。每逢电灯泡砰的一声报销，风吹动一扇窗户，房子边的田野上一道闪电飞过，卡尔也那么注视我。他好像在等待我能有所行动，更换灯泡，关上窗户，驱除暴风雨。

“对不起。”安娜说罢，走了出去，这时高尔基正沿着马路摇摇晃晃地走过来，嘴里总是嘟囔着两句相同的俄国话，胳膊在空中来回挥舞。

安娜会说俄语，曾经向我解释过这两句话的意思：快跑开！躲起来！高尔基曾经参加过车臣战争，此后他的脑袋瓜就不太正常了。村子里所有的人都曾想过，安娜怎么能忍受他。

“她马上就回来。”我说，朝卡尔微笑，免得他打雷时像傻瓜那样不敢抬头凝视。

卡尔点点头，继续吸吮那块牛轧糖，在镜中观察自己。

安娜和高尔基是八年前在汉堡认识的，当时安娜是护士。本来她是学理发的，但是不知何时她感觉理发太单调无聊，又接受了护理员培训，最初是在养老院，然后到了玛丽亚黑夫诊所。高尔基逃出了俄罗斯，经过拉脱维亚和波罗的海，抵达汉堡。他在港口工作了一段时间，当然是黑工。有一次他的手骨折，必须接受治疗。他不想去医院，因为他在德国属于非法入境，但是他的同事仍然把他送入医院。他的手痊愈之后，就得离开德国。安娜因此嫁给了他，他得以留下来。她说他在战争中经历了恐惧，因此开始酗酒。安娜说，最初还不算糟糕，她和高尔基甚至都感觉非常幸福。但是一件事满怀记忆可能会这样：有些人随着时光的流逝忘却了糟糕的经历，但有些人却年复一年更强烈地回忆起那些经历。

我走到窗边，朝外张望。安娜试图安慰高尔基，握住他胳膊，劝慰他。高尔基呆呆地注视了她一会儿，然后挣脱开来，磕磕绊绊地继续前行。过了一会儿，他又再次大吼那两句话。除了安娜和他之外，马路上空荡荡，他什么都听不到，走远了。安娜跟在他身后，尽管她知道帮不了高尔基。没过多久两人便从我眼前消失了。

我转过身。卡尔还在吸吮牛轧糖，糖块变小了，卡尔的腮帮子不再鼓起来。等安娜再次返回给卡尔剃头、刮胡子已变得毫无意义。我们也能马上做完。如果等安娜回来，我们还得坐上大约一个钟头，然后她也许手颤抖得非常厉害，恐怕刮胡刀会在卡尔脸上割一下。

“来，卡尔。我们走吧。”我说罢，解下他身上的理发围裙，挂在洗手盆旁的衣帽钩上。我关掉镜灯，随手拉好商店大门。这里不需要锁门。没有猪猡来温格罗登，即使盗贼也不来。

3

我在马斯洛拖车的阴影下停稳嘟嘟车，帮卡尔下来。他站稳之后，我把饼干盒塞到他手里。他表示感谢，然后我们横穿建筑物前面摊铺了沥青的空地。卡尔迈着笨拙的小步，面带微笑。对于破旧的环境，他似乎并没有在意，两只胳膊抱住饼干盒，摁在胸前，因此笑容满面，仿佛我们现在前往大城市里的漂亮大饭店，而不是文明最边缘的衰败的加油站。

我在此地待得越久，这景象就越让我压抑。浅色的水泥砂浆上的“马斯洛车库”几个字过去呈蓝色，如今褪色到几乎无法卒读。平屋顶和孤独的街灯之间的绳子上悬挂着彩色的塑料角旗。凹陷的铁皮标牌是发动机机油和轮胎的广告。白色沃尔沃客货两用车，1992年制造，停靠在加油柱旁边。车间、工具棚和友友的房车，看上去犹如一只披了银色铠甲的巨大甲壳虫。门边墙壁旁的陈列柜内挂着一张卡片，被太阳光照得褪了色，几乎无法辨认上面的字迹。

假如有一条狗，也许会卧在加油柱旁边。可是这儿连条狗的影子都见不到。苏格拉底已经死了四年。马斯洛不想再弄条新的狗。不再有什么客人。自联邦公路开通以来，几乎无人从此经过。来温格罗登的人，肯定是开错了路。

我替卡尔挡住门，然后随他走入商店。这是一家小吃摊、书报亭和录像出租室的混合物。墙壁上挂满了发动机机油、饮料、香烟和电影的广告招贴画。一只架子上摆满薯片包装袋、巧克力条和杂志，另一只架子上摆着雨刮器片，冰块刮刀和塑封的香料树。如果过了保质期，友友、卡尔和我就能得到这类生活用品。但是我很久没有见过奶酪苏打饼干或者小熊橡皮糖了，友友只吃他觉得健康的食品，那么这家商店就没他可吃的东西了。因此卡尔肚子里塞满了那些破玩意儿，弄得别人以为我在家里好像什么都不给他吃似的。吃过后他一直感觉不好，还抱怨过，但是我无所谓，因为这意味着我晚上不必做饭了。

墙角的木头支座上摆放着一个赛马跑道的模型。马斯洛六年前想在过去的公交车站旁的空地上建一条真正的赛道，便自己制作了这个模型。他奇思妙想不断，然后却只字不提之前的想法。他绘制蓝图，用硬纸板制作模型。只是这些项目从未成为现实，因为他可疑的伙伴或者银行不再提供信贷。或者他想起了某些更好的项目，借此可把温格罗登从无足轻重之中拽出来。

在自动饮料售卖机旁的柜台上放着一台收款记录机和一个明信片支架。有三种不同款式的明信片，一张是温格罗登鸟瞰图，一张是乡村酒馆，另一张是维利农田的橡树，是马斯洛请人印制的，明信片背面的文字出自他手：温格罗登，一处飞离地面的天堂。温格罗登的“霉菌”客栈，陌生人也可以成为朋友。温格罗登的橡树，二百年来就在此落地生根。这些明信片已经泛黄，尽管每张只值三十欧分，依然比售价五欧元，印有“我曾经在温格罗登，现在返回”字样的T恤衫卖得差。还有几箱玻璃杯和烟灰缸随处堆放，刻有“玻璃吹制之城温格罗登——鲜活的传统”字样。马斯洛没有请人制作印有“温格罗登——欧洲脉动都会”的棒球帽简直是一个奇迹。

友友坐在柜台后一把磨坏的弹簧垫沙发椅上，正在第一千次地观看《哈利与萨丽》《河畔之桥》《非洲彼岸》或者他收藏的无数部爱情影片中的一部。他头戴耳机，沉浸在屏幕上的故事之中，没有注意到我和卡尔。倘若有人把商店全部搬空，友友也听不见。甚至有人把门卸下，拆掉架子，友友也会十分镇定地蹲在他的沙发椅上，嘴唇与演员的同步运动，他们之间的对话，友友都能背诵出来。

我绕柜台走了一圈，挥手致意。友友吓了一跳，笔直地坐起来，摘下耳机。

“喂。”我说道，面带微笑，尽管高尔基的事让我心情不悦。

“你好，本。”友友同时嘴角抽动了一下，但是他的微笑显得更悲哀。就是如今他站在那儿，也比我矮半个脑袋。官方上友友在此上班，实际上他整天都在看电影，爱情电影，越悲伤越好！所以友友已经够伤心了。因为他爱安娜，然而安娜却与高尔基结了婚。正因为如此，友友才观看这些影片。因此他自以为还有其他不幸的爱情故事，不仅仅是他与安娜的故事。这样做虽然不会让他更快乐，但是我相信却阻止了他真正干蠢事。

“《日瓦戈医生》。”友友说。他的声音听上去有些疲惫。屏幕上的画面凝固了：冰天雪地的背景下是一辆蒸汽列车。

我点点头。我不知道电影讲的故事，但是向友友打听影片内容是个错误。我只犯过一次类似的错误，然后就必须耐着性子花一小时聆听《卡萨布兰卡》。在沙发椅旁的木箱上放着一只罐子和一只玻璃杯。旁边是一台按摩仪，友友每天要花几小时用它来按摩头皮。这是一个比肥皂大得多的玩意儿，上面是橡皮疙瘩，一条电线和一个拎环，可以把手塞进去。罐子用来盛友友的魔幻饮料，产生的效果能让他头发长得更快。友友的头发长约两厘米，当头发长到四厘米时，他就去找安娜，让她剪掉。罐子几乎空了，我见过的饲养奶牛的牛栏排水槽内的白色液体都要比友友的劣质混合饮料颜色更诱人，但是他深信其疗效。

“备件寄到了吗？”我问友友。一个多月来，我一直在等奥托拖拉机需要的起动器、发电机和三角皮带。

“今天早上所有的备件都到了。”友友从柜台后面的一个纸板箱内拿出一包薯片，交给卡尔，“给你，卡尔，保质期到昨天为止。”

卡尔喜形于色，把袋子放在饼干盒上：“谢谢。”

友友点点头：“那么接下来。”

“那么接下来。”我说，“得瞧一瞧。”

友友再次点点头。或者始终如此。最后他在沙发椅上再次舒服地坐下，戴上耳机，摁了一下遥控器的播放键。

我打开车间大门，让卡尔先进去。车间大约有体操房大小。中间是一条凹槽，方便工人走下去修理车辆底部。还有一个升降平台，一台焊接机和一台从轮毂上拆卸轮胎的机器。纵向墙壁旁竖着工作台，放满备件及装满铁屑的铁皮容器的支架。地板上布满油渍，在这里也能闻到。天花板上垂下四只装有氖灯管的长铁皮灯罩。

我让卡尔坐在办公室一旁的沙发上，摘下他的头盔，递给他桌子上的一本画报。卡尔道过谢，开始撕碎纸片。罐子里躺着上百条碎纸片，都是今天所为，而且全是蓝色的。

围住屋角的两堵带门的玻璃墙构成了马斯洛的办公室。一张写字台，一把椅子和一只抽屉柜是仅有的家具。写字台上摆着一台旧打字机、一台计算机、一门电话，抽屉柜上是几只文件夹和一台咖啡机。马斯洛不在，但是备件已经放在了工作台上。我伸手抓起需要的零部件，准备去干活。

我在发动机、齿轮箱、排气装置和所有不值钱玩意儿方面的知识是从皮约特那儿学来的，他一年前还在此工作。涉及园艺学的内容，例如石竹、玫瑰我也得学习，因为是我妈妈的命令。但是修理汽车与拖拉机，我愿意干，因为我喜欢，因为够酷，因为我妈妈觉得可怕。

皮约特是一位天才汽车机修工和老师。我在正式接受园艺培训的同时，他在周末和假期教我如何拆卸大众甲壳虫的发动机和再次组装，如何扳直一辆梅赛德斯-奔驰载重卡车型号LP808，1974年制造的曲轴，或者在一台型号D5206，1979年制造的道依茨牌拖拉机上安装汽化器时应该注意的事项。

皮约特返回了波兰，他父亲生病了，这段时间我成了不错的机修工和差劲的园艺学徒。尽管如此我还是想来年通过毕业考试，即使是勉强通过。但我将来绝不干园艺。我要去柏林和汉堡，或者为了自身的缘故前往莱比锡或者汉堡，到一家大型汽车修理厂工作。我要让我那辆抛锚的大众巴士开动起来，驶往非洲。

马斯洛踏入车间时，我正在全力更换三角皮带。不认识马斯洛的人，如果第一次见面，也许会认为他是一个疯子。马斯洛五十五岁上下，确切年龄我也不太清楚，个头大约一米七五左右。他超重几公斤，但不太显眼，因为体重分布均匀。他如果没有戴帽子，就可以看到他的光头。脑袋上还剩下不多的灰黑色头发，他在颈项处扎成一条马尾辫。他尽管一天大多数时间都在肮脏的车间度过，却依旧穿着白色西装和衬衫。现在是夏天，他赤脚穿着浅色帆布凉鞋；在冬天，他则穿鳄鱼皮的牛仔靴。他在某些方面显得不太正经，轻浮，一种近乎怪诞方式的下流，像典型的黑手党。

但是请别以貌取人：马斯洛是大伙能够想象得到最可爱的人。他友善、慷慨、乐于助人，尤其不是第一眼看上去的那种自高自大。他身上唯一令人发狂的特质是固执。马斯洛坚决要办的事，不会停歇。之后他只谈这件事，尽管没人想听，因为众人清楚这又是一个不可能的项目，他办不成的低级主意之一。

马斯洛出生在温格罗登，他之后再也没有孩子出生。生活品商店和家庭居住的房子属于他父母。那时玻璃吹制工厂还在，小学设在罗恩菲尔德，通班车。所有厂里职工的孩子都去那儿上学，刚好十二名。温格罗登出产的玻璃举世闻名。伊丽莎白·泰勒和丽萨·梅内利属于客户圈。马斯洛以前还是专业的高尔夫选手、佛罗里达州一家酒店的所有人，挣过一大笔钱。当马斯洛的父母打算像大多数村民那样搬走，卖掉生活品商店时，他从美国返回，接收了这家商店。随后他一步步购买了加油站、“霉菌”、安娜的房子，还有一块地皮。他到底是不是富翁，我不知道。无论怎样他都是一个发狂的家伙，不择手段，要把贫穷的家乡变成一处引人入胜的地方。

“喂，本!”马斯洛打着招呼，走到我跟前，摘下墨镜，喜形于色地注视我，还轻轻捅了一下我的胳膊，“早来了？你好，近来怎么样?”我们几乎天天见，即便如此马斯洛每次都要弄出大动静，好像我重病了一场，很久以后才见到我。

我用一块抹布擦了擦手。“可以。”我回答。即使感觉不好，我也这么回答。一定发生的事情，比如我想念爸爸、生我妈的气、被卡尔弄得心烦意乱，声称全都正常，能替一个人省下诸多不必要的废话。我本来就不喜欢多说，感觉世界上废话讲得太多太多了。

“大伙喜欢听到这个。”马斯洛说，他最喜欢的工作就是废话连篇。他再次轻轻地捶了我上臂一拳：“这些零部件牢靠吗？你安装得上去吗?”

我点点头。“全都合适。”我说。

“太好了。”马斯洛说，“棒极了！”他朝卡尔转过身。“瞧，谁到我们这儿来做客了？”他故作惊讶地喊道，张开手臂，好像卡尔是他最要好的老朋友，特别出乎意料地从七十年之久的环球旅行回来，“总那么勤勉，匆忙。对吧，卡尔？”

“蓝色剩下不太多了。”卡尔认真地说，在杂志中翻找。

卡尔的回答让马斯洛好像听见一个笑话，他笑着把墨镜插入西装上衣的胸袋内。“今天，非常热。我的天！”他说道，用一块白手帕擦了擦汗水淋漓的额头，“你们渴吗？想喝点什么吗？”

我没有回答。因为马斯洛反正会跑开，到店里取两瓶啤酒和一瓶橙汁汽水。他就是如此。他总那么问，但是从来都不听回答。

一小时之后马斯洛坐到卡尔身边的沙发上。卡尔一直在撕他的纸片，马斯洛则在翻阅一本书。我把发电机盖板上的最后一颗螺丝拧紧，走到零件架旁，奥托拖拉机的钥匙孤零零地挂在那儿。

“你知道，什么是人肤皮蝇吗？”马斯洛问道。

“不知道。”我嘀咕着，取下钩子上的钥匙。

马斯洛起身，手里攥着这本打开的书：“一种人类身上的牛虻。牲畜身上的蛆虫藏在你皮肤里。只有它们的屁股凸出来，自然是用来呼吸。”

“哎呀，马斯洛。”我神经质地说，“你为什么不停地在跟我讲这些毫无意义的事情?”我爬到拖拉机的座位上，把钥匙塞入点火开关。

“这不是毫无意义的事！你要去非洲，对吧？那么，你就必须明白你期待的东西!”

我一语不发，踩下离合器，转动钥匙，轻轻地踏了一下油门。点火开关有反应，三角皮带绷紧，汽化器似乎没有透气。尽管如此发动机并没有启动。我把阻气门的操纵杆稍稍拉出来，再试了一次。发动机快要启动了，但是又另有想法，吐了口气熄火了。第三次启动，我把离合器一直踩到制动部位，现在火星点燃了，罩壳下面的庞然大物颤抖、摇晃起来，我上方的排气管喷出一股黑烟。隆隆运转的气缸让整台拖拉机晃动，座位也震动起来。我再轻轻地踩了几下油门，直到拖拉机安静地运行，均匀地发出响声。几分钟过后我关掉发动机，爬了下来。

“猎蝽!”马斯洛喊道，“你知道这是什么吗?”

我把钥匙挂回架子。

“一种吸血昆虫。”马斯洛把书搁在桌子上，走到我跟前，每只手都拎着一只啤酒瓶，“这虫子会落在你头上，固定地吸吮，当它们吃得滚圆时，就会在伤口上拉屎。二十年之后你将死于心脏与大脑损伤。”他递给我一只酒瓶。

“然后呢？”我说，“我在这儿马上就会死于无聊。可那只是二十年后的事情。”我拿起这瓶啤酒，走到户外。

马斯洛跟在我身后。“真的吗？”他喊道，“这里压根没有那么糟糕！”

我在房屋墙壁阴影下两把折叠椅中的一把落座，喝了一小口啤酒。其实时间还太早，我刚刚修好拖拉机，不然没其他事情好做。我口干舌燥。我十五岁就开始喝啤酒。只喝啤酒，不喝白酒。皮约特每天晚上都要喝两到三杯白酒。水果烈酒和野牛草伏特加。他说烈酒是治疗思乡病的良药。第一杯下肚之后他总是情绪高涨，非常健谈。第二杯之后他便安静下来，第三杯之后感觉非常悲哀，开始哼起波兰歌曲。

马斯洛坐到我身边。“这里将发生变化。”他说，“很快，你会看见。”

我饮了一口啤酒。自打我生活在这儿，马斯洛便声称很快会发生变化。但是没有任何改变。一切都保持着单调与无聊。只是这个地方每年看上去都有些不同，更破旧。街道上的坑洼更多，房屋立面破碎，花园荒芜。对这里的居民我压根就不想谈。

“我有个计划。”马斯洛说。

“是不是全新的?”

“一件大事。本,温格罗登将蜚声国内外,举世闻名。”

“很棒,你这回从哪里搞来的投资?”我问。

“我不需要钱。”马斯洛说。他把帽子从脸上推开,冲我冷笑。

“没有钱?”我问道。

“呵,反正不需要太多。推动这项计划的花费我自己承担。”

我把头朝后一扬,喝干了啤酒。然后站起来。我不想让卡尔独处太久。

“你不想知道具体内容吗?”马斯洛问道,同时起身。

“哎哟,你知道,你的计划……”我眯缝着眼睛瞥了一眼太阳,它已经接近地平线末端平缓的山丘。下午的酷热渐渐散去,阳光还可忍受。“这就犹如我和非洲。因为不会有什么变化。”

“胡说!”马斯洛大声地说,“当然会有变化。”他轻轻敲了敲我胸脯,“我的计划会有变化。你的计划也如此!”

“好吧,跟我讲讲你要推行的计划。”我回到车间。卡尔还坐在沙发上,在一本画报上寻找蓝色区域。他旁边的薯片袋已经空了。柠檬汽水还是满的。

“我已经实施了。”马斯洛说着,尾随我走入凉爽的车间,

“昨晚是阶段一。”

我走向卡尔。“你全明白了？”

卡尔打量着我，微笑着点点头。

“你得喝些东西。”我说，递给他瓶子。维尔尼克女士再三叮嘱我，始终要关注卡尔摄入足够的液体。老人不会添加氢，我已经学会了，他们会从身体内部变干。尤其是吃掉整包的辣薯片后。

“谢谢。”卡尔说，喝了一口，然后是第二口、第三口。

卡尔听话，喝干了瓶子里最后一滴柠檬汽水。

“非常好。”我夸奖他。拿起他手上的瓶子，放在桌子上。

“你们今天去‘霉菌’吗？”马斯洛问。他坐到办公室的写字台前，在一张白纸上涂鸦。

“还不知道。”

“若一切顺利，今晚项目就进入第二阶段。”马斯洛把印章咔嚓盖在纸上，签下他的令人印象深刻的大名，“你可别错过啊。”

“阶段二，是什么？”

“今晚就会有答案。”马斯洛冷笑道，现在看来不可更改，如同卡尔脑袋瓜还算正常时，我和他曾经看过的侦探电视剧里的骗子。

4

“铁皮白马”随着时光流逝已变得肮脏不堪，在二楼两扇窗户间沉重的房门上晃动。客栈“霉菌”共三层。一楼是酒馆，二楼有四间客房，马斯洛住在最上层。倘若不算已变成废墟的工厂，“霉菌”要算此地最古老的建筑了。我头一次在卡尔这里度假时曾经见过前者。

客栈左侧是一处大型停车场。以前这里停满了大客车，载来游客到温格罗登参观。当时右侧是一个放有供客人就座桌椅的露台，天气晴朗时他们喜欢坐在户外。从这儿朝公路往下望去，小村庄商店、加油站和工厂映入眼帘。再往后是安娜和高尔基的房子。遇到好天气，友友的房车在阳光下熠熠生辉。从这里出发朝另外一个方向，视野之外是工厂的废墟，奥托、霍斯特和维利的庭院。库尔特的住宅和马厩还能辨认出来，再远些，田野的尽头，如今是麦秆汇成的金色海洋。

我把嘟嘟车停在维利自行车、霍斯特和奥托的两辆轻便摩托车旁边。马斯洛的沃尔沃停在围墙边的侧门附近。卡尔知道他应该坐着不动，直到我关掉发动机，走到他跟前。他从车厢爬出来，小心翼翼，动作迟缓，仿佛从冰冷的水中爬上来。我摘下他的头盔，牵着他走入大门。一阵清风吹来，撩动了我们头上这块铁皮牌。卡尔停下来，站立了片刻，抬头望望。他笑了，我在想是不是每次端详铁皮白马他都喜欢，或者他是不是快乐地期待酒馆的客人、音乐和一大杯健怡可乐。

酒馆的柜式房间里始终一片忙碌。奥托在里面，维利、霍斯特和他父亲阿尔方斯也在场。马斯洛嘴角叼着雪茄，站在吧台后面，冲洗杯子。互致惯常的问候后，我和卡尔坐到固定的圆餐桌旁。吃完薯片后，卡尔几乎不饿，我们晚饭只做了一份袋泡汤。另外还有面包、奶酪，餐后甜食是巧克力布丁。现在他拿到了可乐，我则获赠了一杯啤酒。马斯洛知道我们总喝这两种。

维利蹲坐在点唱机之前，摆弄着一截电线。他总穿工作服：粗陋的黑鞋，灰裤和蓝衬衫。陈旧的褐色大褂搭在椅子靠背上。

“喂，维利，别弄了！”奥托喊道，“这玩意儿已过时了！”

维利拖着有五十年历史的点唱机，叹息地离开墙边，上身消失在出现的缺口之中。

“我反正无法再听令人厌烦的重复演奏！”

“这可不是重复的演奏。”维利吼道，“这是音乐史上的珍珠。例如《纽约，纽约》。”

点唱机上的大多数唱片都是六七十年代摇滚乐队的。马斯洛只收集了弗兰克·辛纳屈[①]和格伦·米勒[②]，讨维利喜欢。

“这叫新约克。”霍斯特插话道。

“正是！”维利喊道，“弗兰克·辛纳屈唱的！”

“法兰克！这叫法兰克！”霍斯特是此地唯一的高中毕业生。他年轻时，想上大学，攻读历史与政治，可由于他母亲患癌症去世，才返回小农庄，帮助他爸爸。他和阿尔方斯相处融洽。尽管如此，我相信，霍斯特有时候希望他要是完成学业，现在就有可能过上另一种生活，远离此地。

马斯洛给卡尔端来一杯可乐，递给我啤酒。“祝你俩健康！”他在房间里面既不戴帽子也不戴墨镜。假如没有白西装、脖子上的金项链和手指上几枚炫耀的戒指，他看上去完全

---

① 弗兰克·辛纳屈（Frank Sinatra，1915—1998），美国爵士乐和传统流行歌手，20世纪最重要的流行音乐人物。

② 格伦·米勒（Glenn Miller，1904—1944），20世纪上半叶美国大乐团音乐家、作曲家。

正常。

“库尔特在哪儿?”我问。本地区的第四座小农庄属于库尔特，该农庄尚在经营。这个钟点他还没有与他的伙计们坐在圆桌旁的确有些不同寻常。

“他肯定会来的。”马斯洛说完，把一碟盐水花生放在阿尔方斯跟前。

“下午我看见他在拖拉机上。”奥托说，他始终穿着安装工的蓝色工作服和橡胶靴。深褐色的头发凌乱地从脑袋上耷拉下来。几星期前他留起了胡子。他眼镜上的玻璃厚如酒瓶底，镜架前端用绝缘带粘牢。他饲养火鸡，用自己种植的玉米喂食。但是火鸡肉价格暴跌，他刚刚克服了经济困难。

维利从点唱机后面冒出来。他手里正拿着一个什么玩意儿，若有所思地打量。“马斯洛，你问我，点唱机需要几只配件。”

“不值的。”马斯洛说罢，拿起几只空杯子，走回酒柜后面。

“终于有好消息啦。”奥托说。

“我打算买一个新的。”马斯洛宣布。

奥托饮了一口啤酒。“你在胡扯吧？这里全都泡汤了，你还想买个新点唱机?”

“当然喽！没有音乐就不会沉没！就像在泰坦尼克号上!”

“铁达尼号！”霍斯特神经质地纠正。

“此外没有全都泡汤啊！”马斯洛端来两杯刚刚打好的啤酒递给奥托和霍斯特。一杯无酒精皮尔斯啤酒给阿尔方斯。“日子会变好的，你们只需要等待！”

维利从点唱机后探出身子。“喂，瞧一瞧，一枚两马克。”他把硬币高高举在手中。喜形于色。

“不值钱了。”奥托嘟囔着，“就像我们农庄。”

“胡说八道。”马斯洛激动地说，“这是好地方。”他把瓶装啤酒倒入阿尔方斯的杯子。

“我的火鸡也不错。不过没人付钱给我。”奥托使劲地喝了一口，似乎经历了麻烦的一天。

“你们得学习，积极地思考！”马斯洛说，“你们每天必须……”他忽然沉默了，因为库尔特和他的爱犬吕尔曼走进来。“哎，瞧啊，姗姗来迟！”他拎着空瓶子来到吧台前，打了两杯啤酒。

我含混不清地与其他人互致问候，但是库尔特只是举举手，坐在我们中间的桌子边。吕尔曼是阿彭策尔犬和罗特魏尔犬（牧羊犬）的杂交种，卧倒在他旁边的地板上。

“你去哪儿了？”霍斯特问，“我差点都想出去查看查看，你掉进了哪个窟窿里。”

库尔特沉默地坐在那儿。他是一个秃顶，环绕秃顶长了一圈头发。这些头发，长到他可以往上梳，遮住一些秃掉的脑袋瓜。他骑自行车时，发绺朝后吹，相当滑稽。

“迎面风让你激动得说不出话来吗？”维利问。他和奥托咯咯地笑起来。

“睡得不好。”库尔特喃喃自语。他就那样。

马斯洛端来两瓶啤酒，一瓶倒入杯子，一瓶倒在盘子上。他把盘子放在吕尔曼前面，狗叫这名字是因为海因茨·吕尔曼是库尔特最喜欢的演员。这条狗马上开始喝酒，但是库尔特却呆视着杯子，好像平生没有见过啤酒。

“这是什么？”马斯洛问，“一切都好吗？”

“喝吧！”奥托喊道，举起杯子。

我和其他人同时举杯，甚至包括卡尔，他若能与所有的人碰杯，始终显得欢天喜地。

库尔特用空洞的目光注视马斯洛。“我相信今天拿了一杯，没有……”他轻声地说。

“没有什么？”马斯洛问，“泡沫？”

奥托和维利笑了。

“没有酒精。”库尔特耳语道。

现在桌子旁边的所有人都瞪大了眼睛。只有卡尔不明白，我快速地捅了他一下，使得他再喝上一口，然后他搁下他几乎倒满的杯子。

这玩意儿从来不曾存在过。阿尔方斯和卡尔是唯一没有喝过酒精的人。阿尔方斯不可以喝，因为他有糖尿病，卡尔是因为药物。奥托、维利、霍斯特、库尔特每天晚上需要喝四到五杯啤酒。他们肯定给灯泡蒙上了雾，只为了忍受穷乡僻壤的生活。温格罗登干巴巴的生活几乎难以忍受。我知道我在说什么。啤酒对我们来说充当着一种对抗每日病态冷漠吞食的疫苗。

奥托第一个再次冷静下来。他把手举到库尔特脸前。“库尔特，天哪！你看见了多少手指？”他和维利扑哧扑哧地笑道。霍斯特只是面带微笑，摇摇脑袋。

“一种不含酒精的饮料。”马斯洛冷笑道，走向吧台，“马上回来。”

“现在没有笑话。库尔特，怎么啦？”好像唯有霍斯特忧心忡忡。

库尔特用呆滞的眼睛打量他。持续了很久，直到他张开嘴。他吐出的气几乎听不见。“假如我讲新鲜故事给你们听，你们得答应别笑。”

奥托、维利、霍斯特和我互相看了看，然后点点头。

“明白了。”奥托说。

“义不容辞。”维利说。

“当然。”霍斯特说。

甚至一直在埋头阅读《罗恩菲尔德导报》的阿尔方斯，也摘下眼镜，笑道："我们保证。"

所有的人都盯住我。

"好啊！好啊！"我略微神经质地说，因为我能够想象库尔特马上向我们宣布的惊世奇闻。他成了戒酒者；他要减肥；他今天没有兴致再次喝醉跌倒在路边的沟渠里。

库尔特吸了口气："我昨天晚上看见了UFO。"

奥托和维利互相看看，然后哄然大笑。吕尔曼站起来，卖力地号了几声，再次卧倒。霍斯特和阿尔方斯欢快地笑出了声，摇晃着脑袋。

我叹了口气，喝掉啤酒，朝马斯洛挥手致意，让他再给我端一杯。阿尔方斯戴上他的眼镜，继续阅读。维利悲叹着抹了把眼泪，然后拿起库尔特的杯子，一饮而尽。

库尔特气恼地绷着脸，脑袋比平时更红了。

"UFO。"奥托喊道，他和维利再次狂笑起来。

马斯洛端来无酒精啤酒和一只杯子，放在库尔特跟前。"免费的！"他说。

库尔特好像压根没在听他说话。

马斯洛从柜台上取来三瓶啤酒，一瓶给奥托，一瓶给维利，一瓶给霍斯特："这轮我请客。"

维利发狂地嚷嚷着，拍拍手。奥托和霍斯特向马斯洛祝酒。

“我的?”我问。

“你随我来一下？放酒龙头出了问题。”马斯洛走到酒柜前。

我对卡尔说，马上就回来。他微笑着点点头。他的杯子里还剩一半。卡尔喝得太慢了，看样子是一种折磨。

柜台后面地板上的小洞敞开。马斯洛顺着楼梯走下去，我跟在他身后走入地窖，这里昏暗，凉爽，一股啤酒和加热油的味道。加热锅炉放置在角落，另一个角落竖着啤酒桶。一条管子从不锈钢的啤酒桶引向高处的放酒龙头。

“压力过大还是过小?”我问。

“两者都不是。”马斯洛打开通往坡道的门，每过几周，啤酒桶就会通过这条坡道运进来。“我只是想给你看一看。”他说罢，走上狭窄的楼梯，那楼梯从木坡道旁通往室外。

5

铁皮工具棚大约五乘十米见方，两只氖灯管勉强能照亮。我的眼睛需费些工夫才能适应散射的光线。然后我认出了我们村子的纸板模型，墙壁上的各种素描、计划、剪报和照片。一张满是污渍的旧床单充当帘子把房间隔开。一张长木板桌上堆满了工具、碎木块、纸板、电线、颜料和胶水瓶以及其他制作废料。我仔细观察村庄的模型。上面有加油站、车间，甚至还有友友的房车。我看到了商店，“霉菌”客栈，安娜的房子，庄园和卡尔的花圃。

没有高尔夫球场。没有赛马道，没有业余活动的公园。什么也没有。只有迷你版的荒凉的温格罗登。

“这是什么意思？”我问。

马斯洛冷冷一笑，吸了口雪茄，吹出一团烟雾。“你能保守秘密吗?”

我耸了耸肩:“全看内容而定。”

“是还是否?”

“好呀，是!”

马斯洛走到帘子前，用右手抓住。他竭尽全力，显出严肃而庄重的神情，仿佛马上要揭幕他的纪念碑。

“我期待你守口如瓶。”

“好啊，马斯洛!我不是整晚都有空!”

他终于把帘子扯到一边。

我不敢相信自己的眼睛。

屋角悬挂着一个UFO!

我上下打量这个物体。也许只有三米宽，一米高。有些地方我还发现了棕色纸板，其他地方银色的薄膜在昏暗的灯光下闪动。

“好啊，你真丢人……”再多的话我说不出口。

马斯洛满意地嘀咕着。他拿起一只遥控器，摁了一下键，太空船上部圆形的窗户上突然黄光一闪，在平整的下端，小灯开始闪亮。

“现在它听出你是谁啦!”马斯洛按了另一个键。

从飞行“茶托”的腹部传来一阵沉闷的长音，如同吸尘器或者走调管风琴发出的声音。

“瞧?”马斯洛笑容满面地注视着我。

“让我猜猜：这是库尔特看到的UFO。”

马斯洛更加喜形于色：“完全正确!”

“你制作这玩意儿纯粹只想作弄库尔特吗?”

“当然不是!”马斯洛关掉灯光和UFO声音，从墙壁上取下一页报纸复印件，递给我。

报纸的标题：罗斯威尔，UFO信徒的朝觐之地。

马斯洛攥着这张报纸在我面前来回晃动。“上世纪四十年代应该有一艘飞船坠落在那里。政府与军方迄今保密，但是好几千人仍然到那儿去朝觐！好几千人啊!”

“游客购买纪念品!”马斯洛伸向一只箱子，竖起一个显然是用纸板自制的建筑物，纸张和木料放在加油站旁边。在建筑物顶上标着大写字母UFO-RAMA[①]。

“而且他们在那儿过夜！用餐!”马斯洛想用一个更漂亮的新版替代老旧的“霉菌”。

“对不起，我不明白。”

“在UFO事件发生之前，罗斯威尔是新墨西哥州一处安静的巢穴。就像温格罗登！然后有个当地的农民在他的田里找到了残骸，‘谣言厨房’忽然沸腾了。”

---

① UFO博物馆。

“什么谣言?”

“残骸来自UFO!军方宣称是气象气球的残骸，但却不管用!人们宁愿相信是UFO和外星人!”

“但是库尔特在此发现的是玩具，并未发现残骸。”

“这更好啊!”马斯洛喊道。他站到纸板模型前，指了指库尔特的房子。“昨天库尔特看到了UFO。”他又指了指维利的房子。“今天晚上维利就会看到它。”他再指指奥托的房子。“后天奥托在那儿，然后是霍斯特。”

“有什么用呢?”

“他们会讲给记者听呀!”

“哪些记者呢?”

“很快就会赶到这儿，报道UFO的记者!”

我坐到一把塑料椅子上。“他们凭什么过来?因为几名醉卧在床上发现了UFO的农民?”

马斯洛拉上帘子。“一定会有记者专心听完故事，写篇报道!就我来看，这里所有的人都在胡说八道。剩下的是营销。‘谣言厨房’开始运行。”

“但是为何要这么浪费呢?你何不干脆请大伙喝一个礼拜的免费啤酒，让他们讲见过UFO?”

“他们不但要讲!”马斯洛装腔作势地说，“他们还得信以为真!你能想象维利做演员吗?或者库尔特?他玩斯卡特牌连骗人都脸红！”

“你想作弄这里所有的人。”

“为什么说成作弄呢？”马斯洛的神情就像我狠狠侮辱了他。“这会让所有的人声名远扬！发家致富！”他拿起这些陈旧的农庄模型，用别墅替代。最后他在卡尔快要坍塌的小屋旁摆上一幢现代化房子，喜形于色地打量我。

“你疯了，马斯洛。”

“是吗？”

“是的，事实上不会成功。”

“我们走着瞧。”他来到门前，打开一条缝，往外瞧一瞧。然后熄了灯，走到户外。

我跟在他身后。马斯洛用钥匙在锁孔里转动了两下，然后给大门额外加了一把挂锁。

“你为何向我透露了你的计划？”在返回酒馆的途中，我问他，“你为什么不来我这儿上演UFO秀？”

马斯洛在我前面走下地窖的楼梯。“没人能作弄你，本。”

因为屋角的蜘蛛网，我缩着脑袋，等待马斯洛关上门，打开灯。从酒吧间可以听到音乐声。阿尔方斯正在拉他的手风琴。

“此外我还需要你参与此事。”马斯洛说。

“什么？忘了它吧！”

“嘘!”马斯洛手指放在嘴边。

我们站在敞开的老虎窗下。音乐听起来凄切悲伤。阿尔方斯学会了皮约特的曲子，再现了思乡、思念、过去的时光和不幸的爱情等主题。

“你要尽量帮我，本。”马斯洛低声说，“友友昨天晚上差一点从屋顶上掉下来。”

“谁的屋顶?”

“哦，库尔特的屋顶。在他放下UFO的时候。”

“掉下来了吗?”

“他本来得让这玩意儿在库尔特卧室窗户前飘动。然后提上去。下来时他差点摔了一跤。”

“这就是说，UFO根本没有飞起来。”

“当然没有，这只是木条与纸板做的。连五公斤都不到。挂在一节竹竿上。”

“你和友友。你们发疯了吗?”

“我说的是一节海钓竿，用它可以从海里拖出一条鲨鱼。”

“我真不想掺和这事。马斯洛，对不起。”在马斯洛说话之前，我已经顺着梯子爬了上去，走向卡尔和其他人。卡尔见到我，笑了。他杯子里总有可乐剩下。

“你们去哪儿了?”奥托嚷嚷道，“我们快渴死了!”

“阀门卡住了。”我说。

没过多久马斯洛又端了一巡酒。我相信他冲我投来充满责备的一瞥，但是我反正无所谓。他把一瓶没有打开的可乐递给卡尔，尽管他知道，我不想他这样。咖啡因会让卡尔整晚都睡不着。

“为了UFO!”马斯洛说罢，举起酒杯。

酒令弄得桌子旁气氛热烈。只有库尔特笑不起来。卡尔把他的杯子伸向我，要与我干杯，我不想成为扫兴者。

马斯洛朝我点点头。

我装着没发现。

6

次日早晨我头痛欲裂地醒来。灌了太多的啤酒，睡得又太少。快九点钟了，太阳光透过垂下的窗帘渗进来。我仰面躺着，口干舌燥。感觉有些恶心，再也不想饮酒了。

片刻之后，我听见了一个声音。

砰。

十秒钟的安静。

砰。

如同一头巨兽，心脏缓慢地跳动。我把手掌放在墙壁上。

砰。

我可以感觉到震动。

过了一会儿，我睁开眼睛，终于爬起来，走入浴室。洗过脸，喝了些凉水。然后步入与我相邻的卡尔的房间。卡尔背对我坐在小板凳上。他一直穿着昨晚我给他套上的睡衣。装满碎纸片的盒子敞开摆在他膝盖上。他从中拿出一张碎纸片，涂上胶水，贴在墙壁上，用手再次按了按。

砰。

两面墙由下往上都贴满了纸条，一面绿色，另一面黄色。绿色是丛林，黄色是太阳。现在轮到了天空，或者海洋。再详细我就不知道了。我走向卡尔，站在他身旁，以免吓着他。他专心于工作，得花些工夫才能认出我来。然后他冲我微笑。

“早上好，卡尔。”我说。

“早上好，本。”

卡尔认出了我，想起我的名字。好像今天还过得去。

“你饿了吗?”

卡尔想了一下，他的手上粘满胶水。在他赤裸的左脚上还粘着一条纸屑。“不知道。”他终于说。

我认为，倘若我不是每天起码三次提醒卡尔吃饭，他很有可能饿死，要么渴死。不知怎么他的胃与大脑的线路被砍断了。也许他想尽量长时间地在墙壁上贴纸片，直到哪个时候从小板凳上翻下来。

“我去做早餐。”我说罢，打开窗户，放入新鲜空气，“然后洗澡。维尔尼克女士今天要来。”

卡尔惊恐万状地注视我。他是否回想起昨天才给他洗过澡，我说不好。但是我非常清楚，他打心底里不希望维尔尼克女士出诊。我相信，当维尔尼克女士测量他的脉搏，拿手电筒照他的脖子与耳朵，在他身上到处按，确认他是否感觉疼痛时，他感到难为情。当她给卡尔抽血时，他表现极差。每次都上演重磅大戏。

“早餐做好之后，我给你端来。”

“好的。”卡尔说道，然后把刷子塞入胶水罐，把胶水刷在纸条上，贴到墙壁上。

砰。

我走进厨房，烧上水。把脱脂牛奶浇在卡尔的燕麦片上，铺好餐桌。收音机里播放着我最喜爱的歌曲——琼斯先生的《数乌鸦》。尽管头痛得要命，我仍旧调高音量。在削苹果和捣碎之际，我不由得想起UFO和马斯洛的计划。

这家伙胡说八道。

捣碎的苹果混入牛奶麦片粥，在上面搁了一茶勺红糖，然后我为卡尔沏好茶，为自己冲了一杯咖啡，把其余的东西放在桌子上：面包、黄油、果酱、蜂蜜、橙汁。

我去叫卡尔时，他已经走开了。经常发生。我向来知道在哪儿可以找到他。

阳光普照，但实际上并不太热。很远的地方，在田野和天空之间延绵的地平线上几朵白云飘浮，清风徐来。

倘若我过着另一种生活，一定会为今天这样美丽的早晨而感觉兴奋。

卡尔站在房子后面的草地上，赤着脚丫，仍然身披睡衣。他向两侧展开双臂，在向上翻转的手掌心上放着鸟食。鸟儿却无处可寻。

我呼喊他。

他背对我站立，没有听见我的喊声。我想走到他跟前，但后来却返回厨房，端上我的咖啡，坐在走廊上。卡尔这期间没有挪动半寸。我认为可以让他那么站上一刻钟。尽管他没有戴帽子。如果有人见到他这样，简直不敢相信。因为我爷爷像是一条顽强的狗。最近几个冬季他深更半夜起床，因为开始下雪了。他穿上拖鞋和睡衣就走出户外，到工具棚取来干草，给蔷薇灌木盖上。我要不是偶然看见谷仓里的灯光，完全不知他这整个行动。我当然马上把他拉回来，拖入浴缸。他的拖鞋完全湿透了，脚丫子冰凉。我想他第二天会病死，但是他健康活泼如故。所以他必须在户外待上半个小时。

我喝掉最后一口咖啡，走向卡尔。

维尔尼克女士迟到了二十分钟。她在此地还有五个病人，卡尔是她名单上的第三个。她驾驶一辆黑色顶棚的红色迷你库柏，老款，酷似一个带着四个轮子的鞋盒。她自己个头不高，只有一米六左右，非常胖，留着极短的金黄色头发。我发现她没有涂脂抹粉。也许护士禁用化妆品，我不清楚。维尔尼克女士有对硕大的乳房，有时候她朝卡尔弯下腰，我想象着她没穿衣服站在我面前的样子，但是只有几秒钟。然后我从白日梦中惊醒，甚为害羞，竭力去想其他的事。例如可怜的高尔基，害相思病的友友、马斯洛及其撕裂大脑的计划。

维尔尼克女士总在起居室检查卡尔的身体。我给他洗了澡，涂上古龙水，给他穿上干净的睡衣。现在他躺在沙发上，维尔尼克女士倾听，试探地摸向他，观察他的眼睛、舌头和咽喉、耳道、他腿上的静脉曲张和黄色的脚指甲。她与我攀谈，询问卡尔有无闹别扭或者添麻烦，他的健忘症是否更糟糕，他有无抱怨疼痛，是否正常或者有规律地上厕所等等。

我坐在沙发椅上，回答她每周同样的提问。如果我们填好了目录，她便向我打听。然后她想知道培训的情况，我修理大众巴士的进展，马斯洛好不好，我有无收到妈妈的音讯。我不太喜欢聊天，尤其不想谈我妈，她好像压根就没有发现，或者无所谓。维尔尼克女士友善，乐于助人，肯定是一位好护士。不知怎么她仍然让我想起女警察，也许与她的制服有关：带熨烫褶痕的深蓝色裤子，白色T恤衫，她的发型，她果敢的、最真实意义的行动方式。

本来维尔尼克女士让我想起一个男人。要是没有乳房和柔软的脸蛋，她看上去像我过去学校的房东。

“本雅明[1]？”

我发现自己全部时间都精神恍惚地盯着维尔尼克女士的胸部，忽然吓了一跳：“什么？”

“你知不知道你妈在哪里？”维尔尼克女士在本子上写了几个字，撕了下来。

“里昂。”我说道，“要么马德里。”我脑袋非常燥热，羞得满脸通红。

“一座城市在法国，另一座在西班牙。”她放好便笺本，把铅笔塞入皮夹子，严肃地注视我，“你都不知道你妈妈现在在哪个国家吗？”

“我得看看巡演计划。”我厌恶维尔尼克女士向我打听我妈的事。

维尔尼克女士叹了口气，然后从她袋子里取出三包药，搁在桌子上。“这是给你爷爷的，你知道怎么服用。”

卡尔仍然躺在沙发上，像块木板般僵硬。自从维尔尼克女士来了之后，他只说过一句话：“好的。”当维尔尼克女士询问他近况时，他就这么回答。

“完全明白。”我说道，站起来。我出汗了。

---

① 本雅明，主人公“本”的正式名字。

维尔尼克女士合上袋子。“您现在穿上衣服吧，席林先生。”她大声地对卡尔说。尽管她非常清楚卡尔自己不会穿衣，她每次还是这么说。

“谢谢。”卡尔说道，然后坐直。

维尔尼克女士用力握了握我的手。我闻到了她身上的烟草气味。“好好照顾他，听见了没有？”

“好的。”我说道。我差一点就说“遵命!”了。

我们走到门口，然后来到阳光下，站在房前的空地上。天气热起来了。我的脑袋也开始发热。

“另外，你爷爷非常健康。”

“嗯。”我忽然想到，假如维尔尼克女士通知我卡尔病很重，马上就将离开人世，我也觉得无关紧要。我厌恶这些，而且希望能有别的领悟。

“身体健康。你和他做练习吗？”

“为了大脑吗？是的。”我发觉我又脸红了，因为我在撒谎。本来考虑每天要做的练习，我一个礼拜最多做两次。

“好的。别忘记了，他得多喝水。”

“是的。”

维尔尼克女士把她的袋子从敞开的车窗扔到副驾驶座上。烟灰缸被抽出来一半，全是烟屁股。“那就下回见。”她说完，唉声叹气地钻入车内。点燃一支香烟，启动引擎，开车离去。

这迷你汽车的气缸盖一定得检查一下，排气听上去不怎么好。英国汽车不靠谱，皮约特总这么说，除了宾利和劳斯莱斯。

等到烟尘消散，我才回屋。

卡尔仍然坐在沙发上。我对自己的邪恶念头深感歉疚。我坐在他身边，拿起了他的手。

“冰凉的手。”卡尔说。

我松开他的手。

“女人。”

“哦，维尔尼克女士的手冰凉？”

卡尔点点头。“塞尔玛的不凉。”

我奶奶二十多年前就离开了卡尔，再婚，在新西兰住了很久。有时候她会给我们写一封信，或者寄张明信片。我给卡尔朗读她写的内容，不知道他能否理解。然后他突然想起来，她的手暖和。人类的大脑真是奇异的器官。我想象自己是只大箱子，里面塞满了各种废物，泛黄的照片、日记本、记忆与感觉。

“你有兴趣回忆一下吗？”

卡尔端详着我，耸了耸肩。

维尔尼克女士给了我三套记忆卡，与卡尔一块儿练习。一套是花朵，一套是动物，一套是彩色图案。卡尔最喜欢花朵。

黄郁金香，红玫瑰，蓝色紫罗兰。二十五种不同的花朵，每次一对。

“我们来玩吧！这蛮有趣的。”我取出卡片，然后与卡尔一起走到露台上。

7

下午我开车与卡尔进村。我必须离开花圃几小时。此外我想看看奥托有没有取走他的拖拉机，一切是否得当。我打算找马斯洛谈谈。UFO计划我认为不妥。人一般不与他的朋友们干这种事，尽管宣称是为他们好。撇开这些，这个计划太低级了。

天气这时真正热起来。甚至迎面的风都令人感觉温暖。我在天空没有发现云彩，只见两道交叉的飞机飞行轨迹穿过单调的蓝天，留下一个巨大而模糊的X。

车间前面的停车场上停着库尔特和维利的自行车。我估计，这意味着马斯洛昨晚在维利那里表演了UFO节目。

车间内相对凉爽。光线透过屋顶窗户射入，令拖拉机闪闪发亮。这是一台汉诺马格牌布里兰特600型拖拉机，制造年份是1962年，四缸，50马力。奥托似乎并不急着取走它。我让卡尔坐在沙发上，把打开的灌满冰柠檬汽水的保温杯放在他面前的桌子上。

“你要不停地喝水，听见了吗？”

“好的。”卡尔说。他旁边搁着一摞画报，膝盖上是一只空盒子。他会忙上一阵儿的。

我走入办公室，尽管马斯洛、库尔特、维利都快把房间塞满了。角落一台可以忍受的空调一阵阵往房间里吹冷气。马斯洛坐在椅子上，电话机的听筒贴在耳边，朝我挥手致意。他微微一笑，但是我看出他有些紧张。库尔特与维利坐在桌子旁边。每个人面前都放了一张他糊涂乱写的纸。他们稍稍抬了一下头，咕哝着打了声招呼。我这时才发现他们正在画画，用的是软笔。

突然马斯洛开始活跃起来。他起身，一只手捂住空出的耳朵。“对啊？”他大声地喊道，“是的，马斯洛！温格罗登。正是！——什么？哦，对了，我昨天晚上曾经……怎么啦？——对，这是……对，我能想象，但这儿马上就有两个人……不，两个人没有疯！我可以向您……谁？——但您不想来这儿，与这两人……我明白了，好的。还有其他报纸！与真正的记者，这些人……对，您让我……！”马斯洛砰的一声把听筒搁在电话上。

库尔特与维利放下软笔，注视着马斯洛。

“这是《东北信使报》的地区主编，你们知道，这家伙说了什么吗?”

库尔特和维利同时摇摇头。

“我应该给联邦航空局打电话!”马斯洛大声一笑。

库尔特与维利面面相觑。

“联邦航空局！这帮无知的家伙!”马斯洛闭眼深深吸了口气，然后笑容满面地注视我，“喂，本！见到你真棒!”

“你好!”我说。这样，我才看到库尔特和维利画的物体：UFO。

“你设想一下，昨天晚上维利也看到了飞行的怪物!”

“是吗？说说看。”

“难以置信。什么？维利，给本讲一讲，这是什么。”

这件事似乎让维利感到难为情。他昨天还在嘲笑库尔特，今天他也不知道，在那儿是否会丧失理智。

“对，我正躺在床上。”他轻声地嘀咕道，“听到一阵奇怪的声音。睁开眼睛，全是光影。”

马斯洛拿起维利的纸，凝视这张图。“这是什么玩意儿?”

“一个火星人。”维利回答。

“里面坐着一个火星人吗?”

“没有。”维利小声说，“但是我想让图画更生动。”

马斯洛叹了口气。“你应该画你看见的东西，维利。”

“我只是想……”维利从一摞纸中抽出一张白纸，开始画张新的。

“你看到这个玩意儿时，醉成何种样子?”我问维利。

马斯洛笑了，似乎我开了个玩笑。“你血液里会有一小滴剩余酒精，有些东西，维利?”他拍了拍维利的肩膀，朝我投来严肃的一瞥。

维利勉强地笑了笑。“也许，我看清了UFO!”

“那么你现在画得漂亮些。我现在要和本谈一谈。”马斯洛把我推出办公室，把身后的门关上。“喂，卡尔!”他喊起来，“都舒服吗?”他朝卡尔挥挥手，走向拖拉机。

“喝水啊，卡尔!”

卡尔冲着我微笑，点点头。

“就现在!”我喊道。

卡尔用双手捧起保温杯，喝了一口。

“很好，继续剪吧!”

卡尔放下保温杯，慢慢翻阅着画报。

我走向站在拖拉机旁的马斯洛。他在明绿的油漆背景下显得格外专心致志。

“一台漂亮的拖拉机，对吧?”

我耸耸肩。我没有考虑过喜不喜欢我修理的拖拉机、汽车还是摩托车。我首先把它们视为金属、塑料、玻璃和导线组成的复杂形体。令我感兴趣的是活塞、气缸、曲轴、联杆、刹车片和轮子悬吊。我善于对付这些玩意儿。车身外壳对我并不重要。我不是某个汽车品牌的车迷。我房间内没挂什么法拉利和保时捷的招贴画。

车辆必须能行驶，是的。如果车坏了，我就修好它。其他部件无关紧要。我嘟嘟车上的除外，这是特别的玩意儿，因为是我自己造的。

马斯洛用手摸了摸侧面外壳的铁皮。“真正有价值的工作，对吗？”

“也许吧。”

“我回忆起奥托买下这台拖拉机的那天。”马斯洛说着，仍然没有正眼看我，“距今已经快二十年了。当时拖拉机已经老旧，现在则是一件博物馆的展品。”

“整个温格罗登就是一座博物馆，只是没有参观者。”

马斯洛注视着我：“本，求你了，让我把这件事办妥。”

我没有说话，目光呆滞地盯住马斯洛的白帆布鞋。空调的隆隆声从办公室传来。酷热不时让瓦楞铁皮咔嚓作响。

“你不愿帮助我，我接受。只要你不破坏我的计划，我会非常感谢你。”

“我觉得你的行为有问题，正如你为了个人目的糟蹋大伙儿，令人作呕。”

“我的目的?”马斯洛喊起来。然后他压低声音，直到接近耳语：“我干这些事不是为自己，而是为了整个温格罗登!”

“胡说八道!”我说。尽管马斯洛把手指放到嘴边，我也没有尽力压低声音，“假设，你打过电话的报纸记者中真有一位前来，与库尔特和维利交谈。你知道他之后会怎么报道吗？我们都是可怜的疯子。村里的笨蛋，他们灌醉自己脑袋，看见飞行茶托里的绿色小人!”

“假如他亲眼看见UFO，就不会这么写啦!”马斯洛嘘了一声。

“亲眼？怎么发生啊？你觉得这小子会被你纸糊的怪物蒙住吗?”

“甭指望纸糊的东西。”马斯洛用包含多层含义的目光打量我。

“而是?”

“我现在还不能向你泄露。我还得打几通电话。今天七点还要过来一次。”马斯洛把手搁在我肩膀上，恳切地看着我，“拜托。”

我避开他的目光，翻了翻白眼。我脑子里充满矛盾。一方面我想告诉库尔特与维利，他们没有弄砸，另一方面我不想与马斯洛搞僵关系，他毕竟还是我的朋友、上司。

“好吗？”马斯洛松开他的手。

“好的。”我说，声音足够响亮，让他能听见。

8

花圃里没有太多活可干。我从去年开始就不再种花了。我知道该怎么样，觉得这段时间可以省掉这份活计。政府机构的那些家伙好像无所谓。妈妈替我申请到这个学徒职位之后，有一名公务员来过，视察了这家企业。之前我们自然把一切安排稳妥。马斯洛集合了整个队伍：友友、维利、霍斯特、库尔特。甚至安娜也帮助我们。卡尔的脑袋那时还算正常，尽管他在学徒培训方面太老了，管理机构也没有异议。妈妈在一年过后请求免除我上学，同样没有遭到反对。此后我开始在家里读书，学习课堂材料。去年秋天我不得不为中期考试去了趟城里，以最佳成绩通过了考试，相信结业考试前不会有人再来打搅我。

但是仍然有些工作。玫瑰花丛得浇水，田间小道木板之间的杂草要拔除。朝南的房屋墙壁旁我栽培的西红柿，同样需要定期浇水。有时我还需要锯掉老树上的腐烂树枝，修剪屋子前面的草坪，修补或者给木栅栏刷油漆，清理屋檐水沟，用纸板替换暖房的一块玻璃。

我本来必须利用任何空闲来修理大众巴士，直至修好。年满十八岁，我就可驾车去非洲。但是发动机和电器上有许多零件需要更换，找配件真不容易，且价格昂贵。单单凸轮轴就要花费上百欧元。我做学徒工挣得不多，尽管我妈不时会给我些钱，我也只能每隔几周才订些配件。

黄昏时分，我与卡尔坐在露台上。他撕着碎纸，我则在画那辆巴士的草图：看上去应该是什么样的。巴士的外观我还在斑马皮和猎豹皮之间摇摆；还需要做决定：在车内是否设置一到两个躺卧的位置，烹饪间的地方应该怎么安排。我自己也不确定，车顶应该搞成何种外形。可以放置我帐篷的金属格栅比较符合实际，尤其在丛林里，夜间野兽出没之地。然而一扇全景窗户也有它的优点，同样是活动车顶。

我明白，这份详细的计划还有点为时过早，然而不管怎样我都要消磨时间。爸爸给我留下全部的书籍我起码已读过了两遍。在罗恩菲尔德的图书馆也没有更多我还不熟悉的非洲图书。我知道有关黑色大陆的许多知识，甚至能够参加一场智力竞赛节目。

我知道恩戈罗恩戈罗火山口[1]的直径为十九公里，在奥卡万戈内陆三角洲[2]大多数灌木丛的火灾是在四月底和五月初爆发的，塞伦盖蒂[3]在豪萨语里意思是无边的土地。我知道黑犀牛和白犀牛长什么样子。知道一头黑曼巴眼镜蛇接近四米长，以及如何制备洁净饮用水。此外我还会用两块木条取火，在漆黑之中搭建帐篷，用手表确定北方。我的知识要感谢我的导游、纪录片和我爸的日记。实践的东西我早就练习过了，每次操作都妥妥帖帖。

有时候我到户外睡在帐篷里，想象坦桑尼亚或者博茨瓦纳的情形。然后我就梦见巨大的角马群穿过热带稀树草原迁移，坦戈尼喀湖上的火烈鸟群，白雪皑皑的乞力马扎罗山山顶。我妈妈巡演回来带给我一张自然音响的CD。例如小溪淙淙，鸟儿啾啾，猴子呼叫。我最喜欢之处自然是狮子咆哮，大象吹喇叭，鬣狗狂吠。我在谛听时，某些独一无二的东西在我身上发

---

① 恩戈罗恩戈罗火山口（Ngorongoro Crater）位于坦桑尼亚北部东非大裂谷的死火山口。

② 奥卡万戈内陆三角洲（Okavango Delta）位于博茨瓦纳北部，面积约15 000平方千米，是世界上最大的内陆三角洲。

③ 塞伦盖蒂（Serengeti）位于东非大裂谷南部、坦桑尼亚共和国北部马拉、阿鲁沙、希尼安家三区境内广阔的草原上，面积30 000平方千米。

生。我感觉到巨大的快乐和更强烈的渴望。同时我心情沉重，犹如一块吸满水的海绵，水再也不能滴进去。我躺在那儿，不知道这些感觉何去何从，它们由内往外强烈地挤压我的胸膛，感觉疼痛。

我爸爸名叫保罗·席林。他去世时，我才九岁。我只要闭上眼睛，好像他就站在我眼前。他高大，身材单薄，但是强壮有力，且无所畏惧。他右眼下方有块五厘米长的伤疤，尽管他的皮肤晒成了棕色，但是那里仍然保留着浅色。他可以发出十种不同的笑声，每一种听来都那么滑稽，会像一种良性疾病般传染给他人。他长着浅棕色头发，绿眼珠，跟我一模一样。

他年轻时，攻读生物学与伦理学。他在一家自称为“踢普踢普”的乐队弹吉他，这名字来自非洲一种骨刺布谷鸟族的鸟。二十四岁时在汉堡动物园工作，一年后去了博茨瓦纳，参与建造一个黑犀牛保护项目。他在荒野留起胡子，再次返回文明社会才剃掉。在非洲他头戴一顶帽子四处走动，像印第安纳·琼斯。在营地外他总携带武器，但是从不射杀动物。当狮子和大象靠近他，他会向天空鸣枪。他厌恶噪音。他不喜欢大城市、汽车和超市。他喜欢营火、热带稀树草原上方的雷雨云和群星的闪烁。

他也喜欢音乐，尤其是蓝调。他有很多歌手的唱片：穆迪·沃特斯[①]、约翰·李·胡克[②]、B. B. 金[③]、范·莫里森[④]、雷·库德[⑤]、埃里克·克莱普顿[⑥]以及那些荒唐名字的类型，例如布林德·乔·塔格特[⑦]，克里普·克莱伦斯·罗夫顿[⑧]或者密西西比·约翰·赫特[⑨]等人的唱片。他到哪儿去，都带着吉他。我相信他不过只掌握了一点技巧，但是反正也无所谓。这些听他演奏的人反正也无所谓。因为他的声音非常棒，低沉、有力、沙哑，正好符合悲伤的蓝调歌曲。

他在汉堡的一场音乐会上认识了我妈。她当时是一支蓝调乐队的三人配乐的女歌手之一。登台之后她到酒吧喝了一杯啤酒，我爸与她攀谈。然后他们有几次约会，但是我妈和乐队继

---

① 穆迪·沃特斯（Muddy Waters，1913—1983），美国蓝调歌手。

② 约翰·李·胡克（John Lee Hooker，1917—2001），美国蓝调歌手、词曲作者、吉他手。

③ B. B. 金（B. B. King，1925—2015），美国蓝调之王、吉他演奏家、作曲家。

④ 范·莫里森（Van Morrison，1945— ），北爱尔兰作词家、作曲家、歌手。

⑤ 雷·库德（Ry Cooder，1947— ），美国歌手，摇滚乐先驱。

⑥ 埃里克·克莱普顿（Eric Clapton，1945— ），英国吉他手、歌手及作曲人。

⑦ 布林德·乔·塔格特（Blind Joe Taggart，1892—1961），美国乡村蓝调歌手。blind意为“盲人”。

⑧ 克里普·克莱伦斯·罗夫顿（Cripple Clarence Lofton，1897—1957），美国布基伍基蓝调摇滚钢琴师，歌手。cripple意为“跛子”。

⑨ 密西西比·约翰·赫特（Mississippi John Hurt，1892—1966），美国乡村爵士歌手、吉他手。

续旅行，后面几个礼拜他们还在通电话。我妈从曼海姆、埃森和慕尼黑给他寄来明信片，行文的点号都画成小爱心。乐队在基尔演出时，我爸爸乘火车赶过去。也许他们在那儿迸出了真正的爱情火花，因为九个月之后，我就出生了。那时我妈妈二十三岁，我爸爸年纪比我妈大八岁。我不知道我是否在计划之中，但是无论如何两人结了婚，生活在汉堡，因为我爸一直在汉堡动物园工作。我们住在一间不大的公寓里，没有汽车、电视机和洗碗机，尽管如此，我觉得我们仍然幸福。四岁时我才无意中听到，妈妈向爸爸抱怨他们一直手头很紧。五岁时我每个礼拜有三天时间被送往一家托儿所，因为那时妈妈在一家服装店当营业员，可以挣点钱。我爸爸这期间正在撰写博士论文，常常有几周要飞往非洲，协助动物保护项目。他回来的时候，给我带来面具、鼓、弓箭和羽毛等礼物。他给我看很多照片，上面有他们捕获和迁移的长颈鹿，有在保护区发现的捕杀动物的金属圈，还有给他们新鲜山羊奶喝的土著。他花上好几小时向我讲述徒步旅行、太阳落山和无眠之夜，讲到悬挂着上百个文鸟鸟巢的树林，讲到干涸的小溪河床一场豪雨之后变成了湍急的河流，讲到长尾猴，它们会偷窃营地的烹饪木勺和羊毛毯。我每次都全神贯注地听他说话，梦想着也能去非洲。在我上学、学习ABC之前，我妈几乎每天给我朗读故事，但是与爸爸，这位宇宙最伟大的英雄的冒险相比，那些故事显得无足轻重。

七岁时，我发现爸妈之间发生了某些变化。他们没有像过去那样热烈交谈，而是常常争吵。我爸爸养成了习惯，晚上在他动物园内狭小的办公室内待更久，我妈则开始每周两次在一家乐队试唱。两人都外出，我可以待在同住一幢房子的维兰德家中。他们的儿子皮尔跟我一个班，除了他戴眼镜，害怕我的仓鼠埃迪之外，我们还算合得来。爸爸筹划他下一次非洲之旅、妈妈开始她歌手生涯的同时，我与皮尔待在他房间里做作业，或者玩“大富翁”和“战列舰”的游戏。有时我爸妈周末开车带我去湖边。他们俩虽然话不多，但是起码没有在郊游时吵架。

有天晚上爸爸下班回来说，动物园协会派他到坦桑尼亚去一年。他向我们解释这个项目要干什么，但是我看到妈妈根本没有在认真听他说话。几分钟后她干脆站起来，离开了厨房。我和爸爸坐了一会儿，但是我俩没再吃一口东西。

这是2004年3月。5月份我就九岁了。7月份爸爸飞往非洲。妈妈和我陪他去机场。他答应一有可能便给我们打电话和写信。他重复了不止上百次，圣诞节再见，他要给我们寄来机票。但是妈妈好像不相信他。他们互相拥抱，然后爸爸把我高高举起，把我紧紧地按在他身上，让我喘不过气来。时间到了，他走向护照检查处。在他最终消失之前，他再次转过身，挥手致意。

乐队，自称“快乐B.和摇摆跳动”，第一次登台演出在汉堡大区。他们演奏艾拉·菲茨杰拉德[1]、比莉·哈乐黛[2]、埃塔·詹姆斯[3]和其他女歌手的歌曲，妈妈把她们誉为爵士乐的传奇，崇拜得五体投地。乐队取得了成功，很快妈妈每周都要离开两到三个晚上。然后我不得不在维兰德家吃饭，有时甚至睡在皮尔房间里的充气床垫上。我发现我九岁就能很好地独自待在我们公寓里，然而我妈妈对此却另有看法。如果维兰德一家不在，妈妈就付钱给一位相邻房屋的女士，让她照顾我。格尔哈特女士白天在一个小吃摊工作，没有丈夫和宠物。她非常胖，身上散发着煎炸油的味道。但是我可以容忍她，因为她对我不错。有时候她会给我一份薯条和煎肉饼当晚饭。然后我们玩上几轮纸牌游戏。

我妈当我面从来不说爸爸的坏话。爸爸打电话来时，在她把听筒递给我之前，他们俩都能平静交谈。她给我朗读他的来信，我可以把他寄来的照片粘贴在照相簿上。只有有时候当她

---

① 艾拉·菲茨杰拉德（Ella Fitzgerald，1917—1996），美国爵士乐歌手，雅号“爵士乐第一夫人”。

② 比莉·哈乐黛（Billie Holiday，1915—1959），美国爵士乐歌手。

③ 埃塔·詹姆斯（Etta James，1938—2012），美国歌手，被誉为“R&B女王”。

在关上门的起居室内与她女友或者姊妹打电话时，我才听到她多么生爸爸的气。至今我还不明白她当时指责他的原因。也许他没有把我们带到非洲去。也许他终于走了。也许她不再像当初他们认识时那样爱他。在她把我生出来之前，一切都叫人捉磨不透。

2005年10月11日深夜，乐队驾驶一辆汽车从音乐会返回汉堡，偏离了公路，往前撞上了一棵树。坐在方向盘前的打击乐手身受重伤，妈妈坐在副驾驶座上睡着了，除了胳膊受伤外，还遭受颅骨骨折和脾脏破裂。钢琴家和贝斯手撞伤了肺部。乐队的其他成员乘坐的第二辆汽车在途中，第一辆在事故地点。事故发生在凌晨四点，八点钟我赶到躺在医院病床上的妈妈身边。她接受了手术，还没有意识，但我还是握住她的手，一再对她说，一切都会好的。她妹妹尤里娅从多特蒙德赶来时，妈妈醒了。在我的注视下，她第一次微笑，然后哭起来，直到我和尤里娅也放声大哭。打击乐手还躺在重症监护室内，我相信妈妈大哭是因为同情他。她没有受更重的伤，尤里娅和我才感到如释重负。没过多久她又睡了一个小时。第二天早晨我外祖父母从纽伦堡赶来，他们带来了各种水果、甜品与杂志，为我买了一本《幸运星卢克》的小册子，但是我没有心思。当卡尔和他姐姐欣雷特赶来时，我只好把走廊的椅子搬来，让大家都可以坐下。午饭过后不知何时主治医生挤进病房，通知我们妈妈一周之后就能痊愈，允许回家。我坐在床上，再次握住妈妈的手。妈妈冲我微笑，让我不必担心。欣雷特用胳膊搂紧我，卡尔轻轻拍我的脑袋瓜。这时我知道，一切真的会变好。

爸爸大约三小时之后离开了人世。那架派帕PA-28型“切诺基战士”单引擎飞机应该把他从坦桑尼亚的穆索马运往达累斯萨拉姆，到那儿他可乘飞机返回德国。他知道手术顺利，妈妈感觉好多了，但是他要赶到妈妈身边。飞机为什么坠毁，不完全清楚。官方报告是高度舵受损。也有可能是与一只大鸟相撞，一只朱鹭或者白鹭。目击者说，他们听到发动机转动不均匀，忽然熄火了。但是发动机没有那么容易熄火。如果精心照料，发动机可以运转。也许爸爸的死，是因为没有更换带缺陷的汽油泵，没有清洗空气过滤器，没有检查油压计。很有可能因为这个我想成为机修工。因为必须关注一台发动机有无失效，人的生命可是靠它维系。

我挪开素描本。太阳移动了，现在正高悬在我前方，在空旷的田野上方三手宽的地方。卡尔一直在撕纸片。他已经想不起来他还有一个名叫保罗的儿子八年前命丧非洲。有时候我几乎有点嫉妒他，他能够进入忘川。

9

七点钟在“霉菌”客栈没发生什么事情。“小部队”向来八点钟才来，八点半集合。马斯洛要与我驾车到一个地方去看看。我们外出时，友友负责照顾卡尔。马斯洛的神秘行为让我心烦意乱，但是我仍然上了这辆沃尔沃。

开出去没多久，我们在一块我熟悉的农田旁停车。马斯洛要在这儿建一座高尔夫球场。还有游乐园。有几根木桩远远近近地竖立在农田上。在弯曲的老树中的一棵上靠着一架梯子。我们下了车，沿着一条把农田分成两半的狭窄的小路前行。马斯洛身穿白色亚麻布西装，头戴一顶系有浅褐色带子的白帽子。我寻思着他为何连夹克都不脱掉。天气仍然那么温暖，天空被无精打采的明亮填满。我在一棵树的树干上认出了刻上去的心形，下面是J&A——约瑟夫与安娜。整个地区都能找到友友向安娜的爱情表白。

我们站在几乎要坍塌的木谷仓前。草长到齐腰深，悬钩子从一直蔓生到屋顶下。挂锁锁住了大门，因此必须从墙壁上拆下几块腐烂的木板，才能走进去。里面黑乎乎的，窗户上挂着黄麻袋。缺了几块砖头的地方，一块天空在闪亮。弥漫着一股泥土和树枝的气息。

马斯洛打开一盏在天花板上晃悠的、电池供电的电灯。我这时才认出塑料罩。马斯洛拉开来，剪开了外观如同纸板做成的UFO模型。只是这里的模型约莫十倍大。它不是纸板做的，我伸手摸到了昏暗光线下闪亮的外壳。

“铝板。0.3毫米。外框由打孔的铝棒制成。”马斯洛摘下帽子，扇了扇空气，如同中了彩票大奖那样喜形于色。

我绕UFO走了一圈，估计直径五米，也许六米。我用指尖轻轻地扣了一下全身黄色的圆形窗户。塑料薄膜替代了手工纸。

马斯洛从西装上衣口袋里拿出一只遥控器，摁了摁按钮，UFO内的黄灯亮起，又按下第二个键，它腹部下侧旁边的蓝灯开始闪烁。

“卤素灯。”他说，“能照亮几公里远。”

“你什么时候建造的？”

“你知道，我不需要睡太多时间。”马斯洛再次把灯关掉。

“你有什么打算?”

马斯洛笑了。“瞧，好事情。”他说道，“我让它飞起来!”

“这东西能飞吗?”

马斯洛取出一张纸，展开。“这是UFO下面的部件，你看见了吗?”他指了指手中的计划，敲敲模型，“这是铝制的，但是不能飞。为此这里需要它。”

我的脸靠近这个场地，UFO上方一个半圆的银色气泡呈拱形。

“尼龙织物。”马斯洛解释道，“填充了氦气。外观像UFO上半部，但是在那儿能让它飞起来。”

“像一只气球。”

马斯洛点点头:“正是。全部悬挂在一条细细的聚乙烯绳子上，由一个人控制。就像让一条龙升起，只是有点不同。”

“你到哪里去弄氦气呢?”

马斯洛把罩子扯到一旁，轻轻地拍拍至少二十只金属瓶中的一只。

“你有真货啊，马斯洛。”

“小事一桩。”马斯洛把一堆麻袋从一只木箱子上挪开，盖好盖子，抽出一件东西，外观如同一个尺寸过大的辊轴。“这是我们担心的事。”他把这玩意儿递给我。

我手握辊子，审视了一番。卷轴的三分之二被透明的绳子包裹，几乎没有分量。其中最大的两部分是两片打孔的金属或者塑料做成的圆盘，相当于一张唱片的直径（卡尔在柜子里保存了几张唱片），辊轴通过四个支撑彼此连接。一侧装有一只带把手的曲柄，占满我整个手掌。我转动曲柄，开始缓慢，接着加快。

“问题在哪儿?”我问。

马斯洛从箱子里取出东西。“我给你看看。”他走向门口，来到旷野。

我紧随其后，太阳光此间已逐渐减弱。天际空旷，呈暗蓝色。地平线上横着一道破碎纤维状的橘黄色云彩。

“戴上它。”马斯洛说着递给我一件尼龙腰带做成的挽具，我曾经在一部登山电影中见到过。“平板必须在前面。”他帮助我扣住腰带，然后用四个骑手挂钩把辊轴固定在金属板上，拔下辊轴的绳子。“你是友友，我是这台UFO。”他离开我。“我上升五米。照明充足。三分钟之后友友让氦气从薄膜中放出，那里安装了一个远程遥控气阀。”马斯洛站立的地方相距我二十米远。“我慢慢下降，友友开始转动曲柄。”他给我一个信号，慢慢朝我走来。

我转动曲柄。

“友友跟随我。他肯定发现了，绳子始终绷得很紧。在氦气不再能承受我之前，他一定要着陆。”马斯洛走得更慢了，绳子绷紧。

我想到一块肥肉挂在钩子上的感觉。在十、十二下之后辊轴锁闭。我摇了摇曲柄，但是它动弹不得。

“每次试验都会发生。”马斯洛说。

“你的作品。”

马斯洛说：“我不是机械工。”

我松开扣子，解开挽具。“我不想与这玩意儿有任何关联。忘掉吧？”

“哎哟，来呀，本！你不能丢下我不管！”马斯洛拾起挽具，把它放回谷仓。

我沿小路返回我们刚才停车的地方。稍后马斯洛追上我。我们俩一前一后默不作声地走了一会儿。

“你到底知不知道，奥托、霍斯特、库尔特和维利为何还能拥有他们的农庄？”马斯洛终于问道，“他们为什么还在这里，没有离开？”

“不知道。”我说，“因为他们一无所有，他们能去哪儿呢？”

“因为我给他们钱了。”

我没说什么。我们上了汽车。我把一只手放在温暖的铁皮板上。

“这几年来他们从我这儿获取贷款。无息贷款。他们不必返还。因为他们所有的人都在这里。”

“你吃得消这些吗?”我打开副驾驶车门，让凉爽的空气进入车内。

“当然不行了。我的储备马上就要耗光了！我几乎接近破产！”马斯洛把玩着钥匙串。轻微的叮当声与蟋蟀的鸣叫声混合在一起，这些虫子此时慢慢开始活跃。

“那么现在呢?”

“现在UFO计划是我们最后的机会。”

“我们的?”

“假如这都不奏效，不出几个月温格罗登就不复存在了。这里的一切都将歇业。”

“加油站呢?”我问，“修理厂呢?”

马斯洛点点头：“商店，酒馆，所有一切。”

我把手揣进裤兜，靠在冷却罩上。“为什么恰恰选择了UFO? 为什么不是高尔夫球场，游乐场，赛马跑道?”

“因为没有人愿意投资！这里就像沙漠。本，你的非洲都比这个县发展得快！”马斯洛用手指在冷却罩的蒙尘上写下了温格罗登几个字。

“这个地方本来存在不下去了。尽管这样它还是屹立不倒。你知道，为什么吗?”

我耸了耸肩。

“因为有我们这些人，本。我知道，你年满十八岁，就会离开。但是我喜欢这里。”

我离开车，走了几步，拾起一把石子，朝一棵树砸去。五颗石头，一颗击中。过去我还更准。

“也许我疯了，但是我爱这块穷地方和我的朋友们。”他说话声音很轻，我几乎都听不清楚。

“所以你就作弄他们。”

“我已经给你解释过了！”马斯洛嚷道，“如果记者要来采访，听上去一定要可信！”

“记者？”我忍不住笑了，“你究竟期待多少记者前来？”

“我说过了，一名记者就够了。”马斯洛从裤兜里掏出手机，来回摆弄，“我把这条消息明天发给几家报纸。”

我走到他跟前，看了一眼UFO模糊的图像，一个由彩色光点组成的扁平椭圆状物体，似乎飞过夜空。

“如果报纸要报道，你怎么说，谁拍的照片？”

“我！”

“今天晚上不是轮到奥托了吗？”

“又如何呢？见过的人越多越好！库尔特、维利、奥托、阿尔方斯、安娜，还有我。”

我用脚尖踢了一下右前轮，它还可以承受一点空气。

“友友也会证明，他昨天见过了。他根本不算差劲的演员。”马斯洛摘下帽子，用手帕擦了一下脑袋，再把帽子戴上。

“我替你承担这个角色。”我说，“但是多了可不干。我不想宣称见过那个可恶的UFO。”

马斯洛微笑了。“可以。”他说罢，然后把钥匙扔给我，“你开车。”他打开副驾驶车门，坐了进去。

我坐在方向盘后面，用力把离合器踏板踩到底，启动了发动机，然后小心地放开离合器，开动汽车。变速箱在换挡时嚓嚓作响，方向盘在我手里振动。道路坑坑洼洼。我们像一艘漂摇在波涛起伏的大海上的航船。马斯洛摘下帽子，把脑袋伸到车窗外。我十四岁那年，他教会我开汽车。我们在修理厂前面的停车场和田间小路上练习，尽管温格罗登周围的公路空空荡荡，而且，就我所知，没有人看见过一次警察巡逻。我是一个天才。两小时之后我就能围绕石油桶兜圈子、倒车，好像我一辈子都没其他事可做。我血管里流淌的汽油显然要比化肥多。

在沥青公路上，我停下车，停止空转，拉上手刹。但在这里是非法的。

“你还可以开几米。”马斯洛说。

“你觉得呢?”到“霉菌”起码还有半公里呢。

马斯洛点点头：“明白。”

我止住冷笑，深深吸了口气，开动汽车。

除霍斯特和阿尔方斯之外，所有的人都来了，大家嘟嘟囔囔，因为他们没啤酒喝。为了安抚他们，马斯洛站到打酒龙头处，我当起了酒保。没等太久大家都得到了啤酒，心满意足，包括吕尔曼。我在卡尔与友友之间落座，仔细打量了一下搁在桌子上的图画。维利的UFO非常像，但是库尔特的外观更像一枚用黄色与蓝色流苏点缀的胸针。

“我打赌，你们只不过做了一个相同的梦。”奥托说道，他也许一直得听库尔特与维利那些飞翔的托盘和外星人的废话，“或者你们喝醉了。”

“不可能。”维利愤怒地说道，“我像现在这样非常清醒与冷静。正如看见柜台后面的马斯洛那样，我看清楚了UFO。”

“我也是。”库尔特插话道，“此外你们也该听听吕尔曼的！它大声地吼叫过。”

吕尔曼把盘子喝干净，抬起脑袋，库尔特拍拍它。

“你们两人尽在胡说八道。”奥托说，“如果真存在绿色小人，为什么偏偏要造访这座奶牛村庄呢?”

马斯洛把新一轮啤酒端到桌子上。“为什么是奶牛村庄?难道你不喜欢这里?”

“你们明白我的意思。假如我来自一颗其他星球，我只会留意大城市，柏林、巴黎，那些发生大事的地方。”

“他们也许想慢慢地开始访问地球。”马斯洛说着坐到我们中间，“首先到一个安静的地区游荡。罗斯威尔没有告诉你们什么信息吗？美国一个不起眼的小地方。”

维利摇摇头。

“没有听说过。”库尔特说。

“UFO在那里出现过，并不是在纽约或芝加哥。也许外星人有点胆怯。友友，你怎么看呢？”

“有可能。”友友说，“我看过一部电影《第三种可怕的相遇》。影片里一艘宇宙飞船降落在一个无人居住的地区。”

“你们看过吗？”马斯洛嚷道，“他们可能抛弃了它。”

“这些人想来这儿干什么？”维利问道。

“也许他们在进攻之前，首先要侦察清楚。”库尔特说道。

“真的吗？”马斯洛叫道，“他们在宇宙郊游，访问了地球！绝对和平的方式。”

“但并非经常如此。”库尔特说道，“我看过一部电影，一艘巨型飞船飞临，摧毁了一切。咔嚓，整座城市变成了废墟与灰烬。”

“胡说。”马斯洛说道，“只有好莱坞才拍摄这类电影，为了让美国英雄拯救地球。对不对，友友？”

友友点点头：“正是，美国佬对抗外星人。所以我一般不看科幻影片。”

“更喜欢爱情电影，对吧？”奥托冷笑道。

友友羞红了脸，尴尬地盯着酒杯。他头发大约三厘米长了，不久又可坐到安娜的理发椅上。

我们沉默了片刻，啜饮着我们的啤酒。卡尔抿了一口可乐。

“本，这件事你到底怎么看?”奥托突然发问。

所有的人目光都集中在我身上，包括卡尔。

“哪件事情?”我反问道。

“火星人啊!”

“不知道。”我说，试图让人听来无所谓。

“你相信有UFO吗?”库尔特想知道。

“我见过之后，才相信。”

“怎么？难道你不相信上帝吗?”维利瞧我的神情，仿佛我刚忏悔过我喜欢吃人肉。

此时门推开了。霍斯特与阿尔方斯走进来。阿尔方斯手里捧一只棕色纸板箱。这意味着我们马上就要玩宾果游戏。

看见这只箱子，我从来没那么轻松过。每逢维利开始聊起上帝、信仰和教堂等废话，我都会遇到麻烦。如果说我反对宗教，并不属实，但是我觉得应该别从中弄出大动静来。这拨人相信，那拨人不信。每个人依他所愿，我就这么认为，但是维利持另外的观点。我曾体验过他给安娜做的题为“死亡之后”的生命报告。他劝说友友与他一道去科隆参加福音教教会大会。我曾当面向他提及我多年没去做礼拜，他彻底火了，第二天就拖来一本《圣经》和一大摞基督教杂志。

我帮卡尔玩游戏。他虽然明白霍斯特叫出的数字，但是有时忘记应该盖住他两张牌上的数字。马斯洛总是为获胜者准备奖品。奥托赢过一瓶香槟酒，阿尔方斯得到过一包巧克力果仁糖，卡尔则赢得过一副戴镜片刷的墨镜。

轮到奥托的第四轮之后，我想休息了。其他人还在继续玩，我则走出门透透气。这时天全黑了，天空中几颗星星闪耀。地平线上橘黄色的条状云彩缩减成一道幽暗的亮线条。安静具有某种不现实的状况。如果没有蟋蟀，我有一种成为四周唯一生物的感觉。

我走了几步，然后坐到膝盖高的围墙上，这座墙把停车场与街道分隔开。我一闭眼睛，挂在我房间里的这幅地图便浮现在眼前。这条由此地到西班牙塔里法的线路，前往摩洛哥丹吉尔的轮船启航之处，我已经用粗粗的红色彩笔标注。

屋子里来传来拍手声与喧闹声。第五轮好像过去了。稍后马斯洛拎着两瓶啤酒来到广场，坐到我身边。我们一声不吭地坐了一会儿，各自饮酒，仰望天空。

“你真相信上边某个地方有生命吗？”马斯洛最后问。

“我从不相信这儿下面有生命。”我说。

马斯洛叹了口气，再次沉默不语。远方，相距遥远，无法确定，是否仅仅是想象，能够听到一辆载重卡车或者摩托车的轰鸣。在方圆五十公里仍然点亮的唯一一盏路灯下，昆虫飞来飞去，偶尔掠过一只蝙蝠。

“我想告诉你我后面的计划。”

“UFO着陆之后吗?”

“正是。友友驾驶它，在老工厂旁边降落，然后他躲起来。那里有一辆放有化学品圆桶的手推车。他把这些圆桶放在工厂的草地上，你知道这块长满野草的草地，过去曾在此举办过节日庆典。他把这些化学原料倒在割好的圆形平面上，然后点燃。”

“什么？为什么呢?”

“这些玩意儿会烧上一阵儿，十分钟或者更久，留下一块碳化区域。直径大约六七米。”马斯洛打量着我，“是……?”

我想了想，然后渐渐明白了：“着陆区。”

“猜中了!”马斯洛一喊，用手掌拍了拍我大腿，“UFO永远消失得无影无踪！但是着陆场保留下来了！众人可以见到！也许旧工厂哪天就会变成酒店。”

“什么化学品?”

“我自己调制的。汽油、甲醇、丙酮、酒精。一点硫黄，一小撮镁，一些钠，有些原料我刚刚搞到。”

“为什么不干脆用酒精?”

“他们会去检测，本。专家取样，在实验室分析。混合物越疯狂，效果便越惊奇。”

我需要些工夫才能消化马斯洛精神错乱的计划。一架飞机从我们眼前的一片天空中飞过。我设想它在星际间的情形，在前往陌生之地的途中触摸的感觉。

“于是呢？你要说什么？”

在回答之前，我饮了一口啤酒。“我只能再重复一遍：你疯了。”

“就是说，你不相信这个计划喽？”

“领会了。”

马斯洛使劲地呼了一口气，站起来。“也许会出现奇迹。本·席林，也许温格罗登的所有一切不全是破烂。”

“马斯洛。”我说道，竭力心平气和，“我们假设一下，倘若此地真出现一条报纸热点。他看到了UFO，拍一张照片。报纸印出来了。大家看到这份报纸。那么你想想看，随后会发生什么？”

“有几个人过来。”

“正确，几个胡说八道的人。”

“但是胡说八道者是互相联网的！”马斯洛嚷道，胳膊猛烈地挥舞，“如果他们有十个人相信，很快就会有一百人！然后是上千人！我已经跟你说了！本，因为他们想相信UFO，就有人会相信！这是宗教！”

“好吧，成百上千胡说八道者便应运而生了。”我说，因此我竭力保持客观，尽管我对UFO的言论渐渐厌烦。我现在更喜欢坐在房间内，无须听任何人说话，读一本书。但是有人肯定会告诉马斯洛，他头脑不正常，眼下正在干一件超级蠢事。“如果其中有人没那么绝对白痴，那会发生什么呢？一名科学家！或者出现惊天动地之举后，军方出现了！”

“更好的事根本不可能发生！”马斯洛伸出胳膊，倒掉了啤酒，“军方在罗斯威尔就讲过UFO不存在！但是人类对要相信的东西，不喜欢事先规定！”

霍斯特和阿尔方斯走出酒馆。我听到了奥托、库尔特和维利的声音，他们肯定还在热烈地讨论火星人和世界末日。阿尔方斯拎着箱子，像卡尔那般缓慢行走。

“两位，晚安！”霍斯特喊了一声，朝我们挥了一下手！

我们也朝他们挥挥手。他们俩走向汽车，一辆红色欧宝开达[①]，1972年制造，上车，开走了。我得找机会告诉霍斯特，左后轮转起来有些轻微不均匀。

---

① 欧宝开达，一款德国汽车制造商欧宝公司生产的小型家庭汽车，1991年被欧宝公司的阿斯特拉（Astra）取代。

“在他们自己倒啤酒之前，我得进去一下。”马斯洛说。他瞥了我一眼，好像在等我说话，但是我今天已经说够了胡话。我点点头，马斯洛随后走开。

一小时之后，马斯洛、奥托、卡尔和我仍然坐在桌子旁。马斯洛给我们看了点唱机产品目录，询问我们觉得哪款最好。我们当然无法达成一致，然后马斯洛和奥托开始争执酒馆到底需不需要点唱机，我便得以脱身，独饮啤酒，卡尔仍然在撕纸片。他戴上了宾果游戏赢得的墨镜。黄色镜架，玫瑰红镜片和擦镜刷。没有比这更愚蠢的。

点唱机的讨论终于结束了。奥托与马斯洛再次谈及UFO。奥托认为，库尔特与维利纯粹是想象、做梦或者醉话。马斯洛正扮演着不知情者的角色。我不想再听了，就对卡尔说了声：喝干杯中的饮料。我从他膝盖上拿起画报，盖好饼干盒盖。卡尔道了谢，拿吸管吸着最后的可乐。奥托宣称他不会做梦，即使喝多了，也不会。我真想告诉他，今晚就轮到他了，友友会爬到他的屋顶上，用钓竿把纸板做的UFO挂在他窗前，但是我想到其他事情，喝干了酒杯。

我正要起身时，安娜走进来。

大家脑袋都转向安娜，除了卡尔仍在埋头喝饮料。安娜站住。身后的门刚关上，安娜一惊。她看上去有些憔悴，眼睛红肿。

“安娜，出事了吗?”马斯洛起身，走到她跟前。

安娜只是站在那儿，然后摇了摇头。“没有。”她轻声地说，“我只是想……”她沉吟着，似乎忘了她为何前来。

马斯洛搀住她胳膊，把她扶到桌前。奥托和我冲她点点头。我们不敢多看她一秒。不是因为她如此美丽，而是因为她身穿碎花连衣裙神情悲切。

“喂。”安娜说，“喂，卡尔。”她的笑脸一眨眼工夫就消失了。

直到现在我才想到从卡尔头上摘下墨镜。我把墨镜收好，塞入他裤兜。

“你坐。”马斯洛说，替安娜扶好一把椅子，“你想喝什么?”

“不要。”安娜快速地说道，“我只是想问问，你有没有冰，冰块。”她迅速地捋起额头上一缕发丝。

“冰块当然有了。”马斯洛走到柜台后面，打开冰箱，从冷冻抽屉中取出冰块桶。

我本来喜欢没有人说话。但是现在后续这种沉默简直无法忍受。我急切地思考我能说什么话。但是我想到一切都平庸乏味，只会让气氛变得更难堪。

马斯洛让热水流淌，我们听到冰块落到水槽里。

然后几乎再现绝对的寂静。

“可以吗？”奥托突然用讨厌的声音问道。

太多尴尬的话题。

我希望自己能够沉入地下，闭上眼睛。当我再次睁开眼时，仍然待在原处。幸运的是马斯洛把一盘冰块端到桌子上，替安娜省掉了回答。

“够吗？”

安娜点点头。“他摔了下来。他的脑袋。这儿全都肿了。”她指指太阳穴。

“我们可以帮你吗？”马斯洛问道，“把他抬到床上。”

“他不想这样。他一直躺在地板上。他在那儿睡觉。在地板上。”安娜接过马斯洛的盘子，用双手按在腹部。“谢谢。”

“我去叫医生。”马斯洛说。

安娜摇摇头，转过身，走向门口。我这才发现，她没有穿鞋。“谢谢。”她又说了一遍，打开门，走掉了。

马斯洛站在那里，双手在裤子上擦了擦，尽管肯定已经干了。水龙头不够密封，我能听到溅落在水槽里的每滴水声。

“还可以吧。”我闭上眼睛说道，脑袋垂向桌面板。

奥托嘴巴里嘟囔着听不懂的话。

马斯洛从柜台上取下三瓶烧酒，搁在桌子上。接下来几分钟我们干脆坐下来，呆视着玻璃杯。卡尔用吸管吸干剩下的可乐，传来一阵空洞的声音。我取下饼干盒的盖子，把画报放在他膝盖上。

然后我喝了我平生第一口白酒。

味道恶劣。

10

电话铃响起来时刚刚才过八点。时间已经不早了，但是很少会有人给我们打电话。我半睡半醒之间拖着脚步走入起居室。也许是重要的事情。

我拿起听筒："席林。"

"本，是我。"妈妈的声音十分响亮地钻入我脑壳，感觉生痛。

"喂，妈妈。"我躺倒在沙发上，把听筒从耳朵边拿开一些。

"对不起，我将近一个礼拜没有打电话了！"

"还好吧！"我答道，没有提及过去的九天。

"你们怎么样？我把你吵醒了吗？"

"没有，没有。我们还可以，你在哪里啊？"

“哥本哈根，丹麦！”

“我知道。你怎么样呢？”

“我好极了。我们要做次大巡演。”

“你什么时候回来？”

“因此我给你打电话。”

一阵寂静，只有电话里传来轻微的沙沙声。

“啊？”我知道不是什么好事。

“我们获得一个不错的报价。本！去丹麦、瑞典。十二场演出。”

我没有说话。

“本？”

“嗯。”

“我知道这不在计划之中。”打火机响了一下，我妈点燃一支香烟，“我要到月中才能回到你们这儿。真的。但是这样的机会不是每天都有。”她大声地吸了口烟，肯定非常烦躁，感觉问心有愧，“你能理解这些吗？”

“嗯。”

“你不会生我的气吧？”

“不会。”我答道，即使我告诉她我会，也无济于事。我当然生她的气，她简直气死我了。但是我埋在心中，为什么要说出来呢？

“答应啦?”

“答应了!”

我妈把烟吸入肺部，然后再喷出来，听起来像如释重负的响亮的叹息声。

“你是我的宝贝。”她说道，“我给你带了一件套衫回来。还有驯鹿毛的拖鞋。”

“太棒了。”

“卡尔怎么样?维尔尼克女士来过吗?”

“来过。她说，卡尔可以活到一百二十岁。”

妈妈笑了。“那么你们一切都安排妥当了。我就不必再操心了?”

“不用。”我撒谎，“全都不错。”

我听到背后有男人们的声音。

“本?”妈妈喊道，“我现在得出发了。别人还等着呢!我爱你。”

“我也爱你。”

“代我向大家问好!”

“我会的。”

“再见。”

“嗯，再会。”

妈妈搁下电话。我盯着天花板愣了一阵儿。然后闭上眼睛。听筒里的空线信号听来如同一艘船在远海上发出的呜呜声。我差一点又睡着之前，从沙发上滚下来，走近卡尔房间。我在门旁站立了一会儿，竖着耳朵听。直到我听见了。

砰。

十秒钟的安静。

砰。

我决定让卡尔干活，自己准备早餐。在厨房里，我把收音机音量调到最大，雪地巡游者的《追逐汽车》[①]的歌声响起来，我大声地跟着哼唱，尽管我情绪极差。妈妈的确把剩下的交给了我。五周前她随乐队前往法国，答应七月初回来。然后她打来电话说，旅行要持续到七月中旬。而如今她若能暑假结束前回来，我也会高兴的。

我想要的一切就是能让我单独待几天，卡尔不在身边。我打算驱车到城里去，看电影，听我平生第一场音乐会。“绿色之日”正在德国演出，是我最喜欢的乐队。也许我可以在这次演唱会上认识个姑娘，我俩随后可以去喝点什么。也许我们会在火车站吻别，也许永远也不说再见。

我正在幸福地想象亲吻一个女孩的嘴唇，不是耶特·吕德

---

① 雪地巡游者（Snow Patrol）成立于苏格兰，是被格莱美奖提名的另类摇滚乐队。《追逐汽车》（*Chasing Cars*）是雪地巡游者的第四张专辑《睁开眼睛》（*Eyes Open*）的第二支单曲。

斯，这时杯子从我手中滑落，跌碎在地板上。我咒骂了一阵儿，然后把玻璃碎片扫成一堆。在沏茶之前，我坐在游廊上，等待怒气消退。今天一道牛奶状的云团挂在空中，遮住了太阳。没有一丝风，热浪触手可及。我知道不应该憎恨母亲，但是我眼下感觉很难不这样。她总考虑自己和事业。如果按照她的意愿，我和卡尔可以在此懒散度日。我自问假如卡尔是她父亲，而不是她公公，她会否有不同表现。外公四年前死于心肌梗死。外婆去年夏天死于肺癌，尽管她从不抽烟。葬礼可怕极了，两次妈妈都哭了整整一个礼拜。我想她本来应该减少旅行或者停止演唱，跟我与卡尔待在一起。但是我估计错了。她似乎想更多置身于工作中来忘记她的痛苦。在一封寄自比利时的来信中她请求我理解她。失去父母是一个人遇到的最难过的事。

我当然也自问过，假如我死了，她会多难过。但是我还年轻。我妈在全世界到处转悠，不时寄一张明信片的这段时间，我可以一直照顾卡尔。

吃完早饭我坐在卡尔那里，画了几张马斯洛需要的辊轴的草图。然后写了一张制造所需部件清单。我决定给这玩意儿配两只手柄，一侧一个。两只手柄，圆盘之间更大的间距和更可靠的材料应该能解决马斯洛遇到的问题。半小时之后我丢掉了这些设计，开始翻阅一本我读过两遍的图书《非洲探险》，一部1924年从阿尔及利亚到马达加斯加的游记。我观赏着书里的黑白照片。卡尔正把一些纸片贴在墙壁上。他已经完成了三分之一工作，很快就会用到一把椅子，椅子我已经替他造好了。他在第一堵墙边工作，需要登上梯子，才能够到上面的位置。但是这样太危险。我给他设计的家具，外观像游泳教练和网球裁判坐的高脚凳，但是一米六太矮了。我还得帮助卡尔爬上爬下，牢牢扣住他，避免他朝前方或者从侧面跌落。我在椅子扶手上安装了一个呜呜祖拉，一个气筒和塑料长角的混合物，就像体育场球迷用的那玩意儿。卡尔如厕或者必须朝侧面挪一截时，他会按下按钮，发出呜呜声，声音如同蒸汽轮船的雾笛发出的响亮声音。最初我们试过一把发颤音的哨子，但声音太轻，卡尔喘不过气来。然后我在电视上观看足球比赛时发现了呜呜祖拉，求马斯洛替我买一个。

为何卡尔要贴满他的墙壁，我也说不出原因。有一天他便轻松开始了。最初我还挺生气，因为他剪下所有的图画，用胶水弄脏。但是我随后注意到，这种玩法可以让他忙碌个把小时，让我获得宁静。此外我还相信，卡尔粘贴这些纸片感觉快乐。起码沉浸在工作之中，似乎忘记了周围的一切。

十一点之前门铃响了。我打开大门，友友站在那儿。他向来穿一条滑稽的条纹裤，彩色短袖衬衫。脸蛋红扑扑的，尽管开着马斯洛的沃尔沃前来，还是出了汗。汽车停在这只陈旧无用的信箱旁的路边。音乐透过驾驶座一侧敞开的车门朝我们飘过来。

“你们电话怎么搞的?”他气喘吁吁地问道，好像刚跑完了此地到花圃的整段路。

“没事啊，怎么啦?”

“马斯洛半小时之内一直在打你电话!”

我想了想，然后走入起居室，发现刚才忘记搁好了听筒。

“他说，你过来，现在马上。”

“为什么呢?”我问。马斯洛有个不好的习惯，叫我去加油站或者“霉菌”，只是告诉我乌干达的传染病或者刚果爆发了内战。有时他就是简单地想和我喝酒聊天。

“有份工作交给你。”

我把听筒放回电话机。“他派你出来接我吗?”

“什么急事吗?”

“马斯洛说，我不准泄露给你。”

“哎呀，你们真了不起。”我穿上放在沙发旁的鞋子，然后去接卡尔。

11

马斯洛等候在加油柱旁。他一看见我们，便摘下帽子，使劲地来回招手。他兴奋异常，差一点就要跳到汽车前面，友友不得不急刹车，以免压到他。我们还没有站稳，他就拉开我这侧的车门，跟我说话。我只能凭一只耳朵听，让他喋喋不休，直到我们走进维修车间。

奥托的拖拉机已经不见了踪影。工作地沟上停着一辆汽车。这是一辆我曾在车间或者街道上见过的最奇怪的汽车。

友友帮卡尔下车，带他坐到沙发上，打开饼干盒，递给他几本画报。

“谢谢。”卡尔说。

“我给咱们弄些喝的。”友友走向通往商店的大门。

“给本和我各带一瓶啤酒？”马斯洛冲他喊道。

“我不要！”我喊了一声，但大门已在友友身后关闭。

“就是它。”马斯洛摩挲着汽车的冷却罩。

我绕汽车走了一圈。这车的模型我只在书中见到过。是一辆标致404，估计制造年份为1970到1975年间。四缸四冲程发动机，汽缸容积1600立方厘米，大约65马力。浅蓝色涂漆，但是在花朵、蝴蝶、心形和笑容符、和平符、大赦国际、纳粹滚蛋、核电站—出局—谢谢！、绿色和平等字符下面几乎无法辨认。行李厢盖上是弓形字体路易丝。

“这车是谁的？”

“我跟你说过了！”马斯洛大声说，“女记者！”

我敲敲后车轮拱的铁板。除了防撞杆上有一处凹陷以及几处生锈的斑点外，我没发现这辆车有什么缺陷。“哪儿来的女记者？”

“你到底有没有在仔细听？一个小娘们的，她声称她的车抛锚了！”

“汽车不是已经停在这儿了？”

马斯洛突然朗声一笑：“这不可能！仅仅在作秀！”

“我不明白。”

“我们应该想到，她遇到了故障！你修理她的汽车期间，她可以安静地四处瞧瞧！特别轻松地与人交谈！匿名！”

我朝汽车瞥了一眼，副驾驶座位上摆着一个空水瓶，一张公路地图，后座是报纸、风雨夹克、两捆卷起的尼龙绳和一只枕头，上面绣着一个字“爱”。

“她在哪儿?”

“在酒馆里。她渴了。”

“你把她一个人撂在那儿。”

“当然不是啦。”马斯洛打开行李厢。“维利和她在一起。”他拉开旅行袋的拉链。

“你要干什么？你在胡扯吗?”

马斯洛用双手在袋子里翻寻，然后高高举起一件T恤衫和一只胸罩。

“马斯洛，该死的!”

“怎么啦？我在寻找证据!”马斯洛取出一台照相机。“瞧!”他喊起来，“我就知道!”

“这玩意儿人人都有。赶紧住手!”

“保持安静。”马斯洛把照相机放回旅行袋，然后拿着两只物镜在我脸前来回晃悠，“人人都有这玩意儿吗？高端专业装备?”

“是不错，够了!”我一把从马斯洛手中夺过物镜，塞入旅行袋，拉好拉链，把行李厢盖放下，“这并不代表什么。”

“查看一下发动机!”马斯洛把我拽向他身后的车头，“每次打赌，都有所操控!”

“首先检查发动机。”我说罢，坐到方向盘后面。就是仪表盘上也盖满了各种标签。后视镜上挂着一个橡皮骷髅，一只喜鹊弹簧，外观似织物旱獭，在爪子上挂着一个标牌，上书：蒂罗尔的爬行世界。

“这个你替自己省省吧！”马斯洛嚷道。

我不理睬他。转动点火钥匙。没有动静，我再次试了试，然后走下汽车。

“我说过！我们得把它拖走！”

我把马斯洛推到一边，打开冷却罩，用铁钩撑起。发动机整体显得特别干净。毕竟这辆破车要比我年长二十岁。我深深地弯下腰，发现电池上的电线脱落了。

“嗯……”

“这是什么？”马斯洛像个五岁儿童似的站在我身旁焦躁不安，想越过足球场的栅栏瞧个究竟，但又个子太矮。

我拿起一把火花塞扳手，旋出火花塞，接下来旋出第二个。两样东西在电极处都变大了。不奇怪，这些破玩意儿失灵了。

“稀罕……”我喃喃自语，眯缝着眼睛观察火花塞。我装作没有看见马斯洛近乎不耐烦的样子。

马斯洛发出一阵欢呼，拍了拍我肩膀。“我跟你说什么来着？”他叫嚷着，欣喜若狂，“我的计划奏效了！”

“那好。你不能安静会儿吗?”我用一块抹布擦了擦手，瞥了一眼卡尔，他正在用忧虑的目光打量我。“一切正常，卡尔!”我冲他喊道，“马斯洛把一颗螺丝弄松了。没什么新鲜事。”

马斯洛不想败坏好心情：“这小娘们对事忒认真。本！那认真劲，好像接受了秘密使命才出现在这儿！暗中进行!”

“你如果这么认为……”

友友拿来两瓶啤酒递给我和马斯洛，一瓶柠檬汽水拿给卡尔。他带来一台便携式DVD播放机和耳机，坐到卡尔旁边的沙发上，放入一张影碟。两个人扮成完美的一对，光头和撕碎纸者。卡尔用吸管喝了一点柠檬汽水，友友吸吮塑料瓶，像自行车选手用的那种。里面肯定灌入了长头发的魔幻饮料。

马斯洛撞了一下我。“进入阶段二!”他喜不自禁，一口气干掉大半瓶啤酒。

我喝了一小口啤酒。

“维修需要多久?”马斯洛问道。

“一小时。”

“给她修上两天。”

“两天？岂不是个笑话?”

“告诉她……我知道……你得订购备件。这些备件很难搞到。这是一辆旧车。”

“车上零件没坏。”

“我的天哪！干脆简单点，就说坏了。”

在我抗议之前，马斯洛已走到室外。

我再次瞥了一眼发动机罩下方。总有不懂技术的人在工作。这名女记者，或者始终是她好像把机修工当成笨蛋。我把啤酒放在工作台上，在书架上寻找一份法国汽车备件的旧目录。去年我就打算整理图书、手册和文件夹，但是人太懒。现在我后悔没做这件事。第一件落到我手上的是一捆装订好的文件，里面是图纸和皮约特的记录，汽化器和雨刮器驱动的横截面，看来如抽象艺术。他的字体老派加了花饰，笔记中满是错字：蜜封环，悬挂论，汽缸工作容积。我想念皮约特。

“本？”

我转过身。

马斯洛的脑袋从铁皮大门敞开的小窗伸出来：“你到底想待在哪儿？”

“我正在琢磨备件！”

“有时间干这活。你跟我来。”马斯洛不耐烦地招招手。

我看了一眼卡尔。他和友友坐在沙发上，每个人都沉浸在自己的世界里。我冲他们招招手，但是他们没有注意我。要是两个人每天都能这样坐到下班该多好啊。

“本！”

我拎起自己的啤酒瓶，出门再次走到坐立不安的马斯洛跟前。“有什么急事吗?”

“你不是想认识她吗?”

“谁?”我几乎无法与马斯洛保持同步，他太焦急了。我们坐到沃尔沃汽车烤炉般的酷热之中。

“哦，去见谁?那个小娘们!”

“如果她长得像她汽车这般怪异，我情愿放弃。”

“你要对她的汽车做什么呢?你难道忘记了想把你的车画成斑马吗?”马斯洛启动引擎，开了出去。公路一如平常，空空荡荡。公路铺装面的裂缝和破洞中长满了杂草，中间线几乎辨认不出来。一只死狐狸趴在对向车道上，酷似一份摊开的报纸。

“她长得怎么样?”

“不错吧，本，丝毫不差。”马斯洛大声地冷笑，一颗金牙闪闪发光。

“多大了?”

“难说。”

“让我猜猜。五十岁。嬉皮士外套，木质珍珠项链，彩色头巾，健身鞋。对不对?”

马斯洛在“霉菌”前停好车，走下来。“你怎么知道这些?你们见过面吗?”

我坐着没有动，尽管脊背已被汗水打湿了。连瓶装啤酒也变热了。仪表盘上唯一一张贴纸引人注目。请不要与司机聊天！黄底黑字。

“这是一个笑话，本。”马斯洛拉开车门，“现在终于来了。”

“哎，想想。”在迈入酒馆之前，我说道，“我不会对她讲，我见过UFO！”

“没人指望你这样。”

“好吧。”

在柜式房间，凉爽舒适，一种惬意的昏暗。飘浮着一股地板蜡、啤酒和熄灭雪茄的气味。维利站在固定餐桌旁，让一把椅子在他下巴上保持平衡。这种节目他会当着每个流落到温格罗登人的面表演。我七岁时，第一次见过。一名女子背对我站着激动地鼓掌。她跟我差不多高，留一头棕色短发，身穿白色T恤衫和一件绿色工装裤，似乎全都由口袋组成。

“请您原谅，耽搁了那么久。”马斯洛对她说。

维利停止了表演，显得有些尴尬，坐下来。假如我们没有进来，他肯定还要表演啤酒杯垫的把戏。

“太棒了！”女孩子喊道。更起劲地鼓掌，透过牙缝吹起口哨。然后她朝我和马斯洛转过身。

我不得不一口喝干。

她既没有五十岁，也不像环保大妈，因为老爷车，我才对她产生了以上这种想法。我估计她二十五岁上下，但也可能年长或者年轻两到三岁。她的T恤衫上横着几个大写的黑色字母：El CAPITAN①。她眼睛呈棕色，上嘴唇有一处结痂。她脸蛋像小姑娘，如同第一次看完马戏表演那般绯红。

“我们叫来了机修工。”马斯洛指指我，“本·席林。他负责修理你的汽车。”

我感觉我咕哝了一声“你好”，但我自己也无法确定。

女子看上去更像小姑娘，微笑了一下。“行啊！”她回答。声音清晰，留下了预料之外更深的痕迹。

“然而有个小问题。”马斯洛说，然后转向我，“本？”

“什么问题？”

“跟她解释一下。”

我需要点时间才能回想起马斯洛说的问题：“哦，问题。对，备件，我得找一找。”

马斯洛朝我投来略微恼怒的目光。“可能需要两天时间。”他发现我这儿说不出更多的信息，便补充道。

“也许三天。”

女子用一种捉摸不透的目光打量我们。倘若她真的操作过

① 西班牙语：船长。

发动机，现在肯定会考虑，我们有没有看透她或者干脆只是蹩脚的机修工。

“两天……”她过了一会儿，说道。

“至少吧。”马斯洛说，“配件得去寻找，找到之后，还要订购。当然还要安装。”

“嗯，那也没有其他办法。”女子耸耸肩。

“可惜没有更好的办法。”马斯洛竭力保持一种遗憾的语气。

我感觉自己就是戏里跑龙套的。

“您可以把路易丝推到室外去吗?”

“谁?”马斯洛问道。

女子笑了:“我的汽车是外祖母送我的礼物，它叫路易丝。”

“明白了。”马斯洛说，“为什么要弄到露天去呢?”

“我要睡在里面。”

“这不是问题啊!”马斯洛说道，“这儿就是一家旅店！您当然可以拿一个房间。”

“我担心，我付不起房费。”

“您肯定付得起了，我给一个大特价!”他朝我转过身，“本，把我们客人的行李拎过来!”他丢给我车钥匙。

“我自己来。”女子说，她与马斯洛不熟，因此这种过分客气似乎让她觉得完全出乎预料。

“我们的本喜欢干。”马斯洛郑重其事地说，然后满面笑容地注视我，“对不对？”

我点点头，好像一名忘了台词的演员被舞台绊了个踉跄。室外的阳光让我目眩。薄薄的流云已经散去。出发前我把所有车窗摇下。一辆载重卡车轰鸣而过，我等待卷起的灰尘消散。尽管行车不到半分钟，我还是把马斯洛的磁带塞入音响，调大音量。点唱机里的歌曲：C5，“罐装燃料”乐队的专辑《国家向上》[①]。我背得下歌词，哼唱起来。

五分钟之后我拖着旅行袋、一只双肩包和一只小金属行李箱登上了二楼。我不必替卡尔操心。友友与他在一起，会照顾他喝下足够的饮料。我听到马斯洛的声音，走向位于走廊尽头的三号房，房门敞开。

“本，你终于来了。”他招呼我进去，“我们刚刚才到。我得找一下钥匙。”

我把行李放在地板上，地板上面罩着一块深蓝色磨损过的旧地毯。我也是第一次走入这个房间。大约三乘四米见方，有

---

① 《国家向上》（*Going Up the Country*），美国蓝调摇滚乐队“罐装燃料”（Canned Heat）1968年发行的音乐专辑。

一扇窗户。一把椅子和一只沙发椅。空气令人窒息，尽管窗户开着。

“你不必把所有物品都搬上来。”女孩说。她把旅行袋放在罩有碎花床罩的床上。

“我不知道您需要什么。”我答道。

马斯洛捡起窗台上几只死掉的苍蝇。“她叫莱娜。”他说道，将泛黄的薄纱窗帘拉到一侧，把苍蝇扔了出去。

莱娜面带微笑，把手伸给我：“你好，本。”

我点点头，握了握手。莱娜的手劲要比我认识的任何一个男人都有力。我真想仔细看看她的脸，弄清楚我是否觉得漂亮。但是这可不行。首先没人那么干。其次她也许会想，我在呆呆注视她上嘴唇的结痂。

马斯洛打开大柜子门。木的、塑料的、铁丝的衣架挂在里面。假如从中飞出几只蝙蝠，我也不觉得奇怪。

莱娜弯下腰，捡起地板上的一只气球。她摁了一下，气球砰地发出一声响。

“我曾经养了条狗。”马斯洛说，“苏格拉底。”

“希腊哲学家怎么啦?”

“还有巴西足球运动员呢。四年前死了。”

“足球运动员吗?”

“这条狗。”马斯洛拿起这只球递给了莱娜，“整个房子全是这些。”他盯着这只瘪掉的红色气球，然后把它塞入裤子口袋。马斯洛爱这条狗。苏格拉底死后，他眼睛红了一个月，伤心欲绝地跑步穿过此地。

“对不起。”莱娜说道。

“唉，它太老了。”马斯洛说罢打了一个不在乎的手势，“它现在跑到狗天堂去了。”

我们沉默了片刻，仿佛伫立在苏格拉底的墓前。的确有一个坟墓，房子后面二十米远的草地上。一棵板栗树的树影投射到一块石头上，上面嵌了一块黄铜标牌：苏格拉底在此安息。足球运动的朋友，哲学的朋友，一位朋友。下面刻有这只动物的生卒年月。苏格拉底十五岁。

“淋浴房和厕所在走廊旁边。”马斯洛打破沉寂，“您需要什么，知会一声就行了。”

“我会的。”

“假如您愿意，今晚和我们吃饭。我来做，本也来。七点钟可以吗?”

我看了马斯洛一眼：“这可不行。卡尔和我五点半就吃饭了。”

“卡尔当然也在受邀之列。”

有时候我真想揪住马斯洛西装上衣的翻领，把他摇回现实。“我们习惯五点半吃饭。之后我们来喝杯啤酒。”

“卡尔肯定不会反对七点才吃饭的。有烤鸡、大米和蔬菜。”

我竭力平静下来，笑了笑。“听上去不错。”我说，“但是不行。我们八点见。”

“谁是卡尔？”莱娜问道。

“本的爷爷。”在我开口之前，马斯洛答道，“您一定要认识他。”

“好，肯定。”我嘀咕着，离开房间，“待会儿见！”我顺着走廊离开，走下楼梯来到柜子间，维利和奥托正坐在固定的座位上。

“奥托也看到了UFO！”维利冲我喊道。

“祝贺。”我说完，准备走出去。

我跑向加油站时，不由得想起莱娜。她看上去根本不像记者。如果她替一家报纸工作，那么肯定也是一份吝啬的报纸，例如《克雷姆贝格信使报》或者《罗恩菲尔德导报》。也许她是志愿者，总是获得最愚笨的合同。一套净化设备的落成典礼，小动物饲养协会的年会，头脑不正常者村庄内的UFO目击事件。也许她老板说，她应该驾车去温格罗登，然后写一些关于我们的笑话。最后她与维利、卡尔和奥托交谈过，听到此地的狗也酗酒，这活对她来说并不那么轻松。

她显然没过二十五岁，论体形和身板可能只有十八岁。在我们职业学校的班级里有两个女生：钱特儿和诺埃蜜，她们长得比其他人高大。每当她们在校园里溜达，总显得自信、不友善，让男孩子们发狂。我竭力回想莱娜的胸部，但是只有大写字母EL CAPITAN浮现在我面前。她的头发有些短。为此我喜欢她的鼻子，小巧，秀气。而且她的眼睛简直棒极了。

加油站的旗杆和三角旗出现在眼前时，我才注意到嘟嘟车还停在花圃工具棚里。友友一定要用拖车把我们拉回家。

12

我衣服不多，衣柜里的衣物要么旧了，要么购买时还算时髦，如今已经不流行了。我读职业学校期间买了几件。有时妈妈给我带些来，大多数都是带有音乐俱乐部、乐队和某座城市标识的T恤衫。如果有人参观我的T恤衫藏品，可能会认为我去过很多地方。巴黎、伦敦、巴塞罗那、里加和里斯本。

我选了一条旧牛仔裤，洗褪了色，满是破洞，要让它搭配更酷，得再穿一件深色T恤衫：一件上面印着准时髦字样，多年前还是深绿色的T恤衫。几双鞋子，能穿出去的更少。一双棕色塑料凉鞋，是妈妈给我买的，我只是开车去矿坑湖才穿它。一双黑皮低帮鞋，去年我参加外祖母的葬礼时穿过。穿破的脏运动鞋，以及一双有点脏的破运动鞋。葬礼鞋绝不可能考虑，那么只剩下这双还算完好的运动鞋。

晚饭后我让卡尔坐在电视机前，把画报和饼干盒递给他。三家电视台中的一家正在播放肥皂剧。我开大音量，让卡尔感觉不孤独，然后去冲澡。我之后刮了胡子，尽管没长多少胡子。我自言自语，除了汗毛之外，最好什么都不要有。我自己没有刮胡水，就用卡尔的。它叫“北欧霜冻”，蓝色膏体，涂在皮肤上有种灼痛难忍的感觉，尤其是在我刚才用刮胡刀刮破丘疹的地方。幸亏我晒成了棕色，红点几乎看不出来。一年前，我脸上的粉刺更多，马斯洛老拿此开玩笑，让我生气。例如他就宣称过，每次手淫都会长一个痤疮。马斯洛有时候也是一个混蛋。

放弃牛仔裤，我穿了一条沙紫色裤子，这是我十五岁生日的愿望，因为爸爸恰好也有一条。在我平时从来都不走进去的妈妈的房间里，我站到镜子面前，观察自己。裤子起码短了两指头宽。我在长个子。至少在这方面我似乎一切运转正常。

我突然感到疲惫，坐到床上。缝合的床罩感觉僵硬和做作。在透过合上窗帘渗入的夜晚光线下我认出了五斗柜、柜子、皮沙发椅和圆桌，上面放着小型立体声音响和一摞CD唱碟。两张镶框的照片挂在墙上，一张是父母结婚当日的合影，另一张展示了爸爸站在一头年幼的长颈鹿旁的情景，它们只是两个模糊的灰色长方形。

演员的声音从起居室里传来。我想象了一会儿，房子里全都是人。塞尔玛在那儿，我妈妈也在。卡尔讲了一个故事，我爸爸为他最有感染力的笑话发笑。

我在房间里脱掉裤子，把它放回柜子。也许莱娜更喜欢那条钩破的牛仔裤。我想起那份马斯洛辊轴的材料清单，从写字台拿起来，放入口袋。

八点过后，我和卡尔踏入“霉菌”酒馆，一场热烈的讨论正在进行中，与我预期的别无二致，讨论的话题正是奥托昨天晚上看见的UFO。大伙都来了，不得不更紧凑地挨个坐下，好让我与卡尔也能在固定桌子旁入座。马斯洛情绪极佳，打断了谈话，让莱娜和卡尔互相介绍。为此他还特别夸大宣传，让莱娜以为卡尔不是一个愚钝的老头，而是一位内心充满宁静与智慧的精神教师，认识他是很大的荣幸。然后大家为卡尔的健康碰杯，吕尔曼受到这种情绪的感染，大声吠叫，库尔特往它盘子倒了些啤酒。莱娜喝红酒，向卡尔祝酒。维利摸了摸他肩膀，库尔特三次祝他长命百岁。收获了那么多关注，甚至连头脑僵化的卡尔都明白了。

“祝大家健康!”他说道，这句话不仅仅让我感到意外。

因为我不想在莱娜面前充当情绪杀手，同时也举起杯，面露微笑。

众人几乎还没有一口酒落肚，奥托便开始讲起他与宇宙飞船的奇遇。他发誓当时非常清醒，还强调火鸡本应该整夜啼鸣，而他次日早晨几乎没吃东西。

“这是UFO发出的射线。”他说，“无论怎样都影响到胃口。我早餐几乎没吃什么东西。”

维利比画着十字。

“深夜，这玩意儿降落在我家庭院时，吕尔曼几乎都没有合眼。”库尔特轻轻挠挠狗耳朵，同时说道。

“要是哪里不对劲，动物比人更敏感。”阿尔方斯说道，“我的罗西，长有弯角，有一回哞哞叫了一早上，下午恶劣的天气来袭。收音机都提到过，冰雹像小面包。”

“哦，别那么夸张吧。”霍斯特掺和进来，“不过樱桃石那么大。”

“像彩色弹珠。”阿尔方斯不服气地说道。

莱娜专心倾听，显然特别开心。自从我进入酒馆，她就没有再提问过。如果她真是记者，可以很好掩饰这点。

大家沉默了片刻。奥托点燃一支新雪茄。阿尔方斯吸入一小撮鼻烟，用手帕擦掉手背和鼻子上的残余物。库尔特把他的奶糖分了一圈，但是只有卡尔和莱娜从袋子里取了糖。马斯洛走向吧台，显然想再准备一巡酒，端到桌子旁。

“我也看见了UFO。”他的话打破了沉寂。

开始，这席话对库尔特、维利和奥托都没起作用，然后，三个人都力劝马斯洛。倘若莱娜没有在场，我就会出去，安静地在室外喝啤酒。卡尔扯了扯我袖子，让我替他揭开饼干盒，然后他开始在画报上寻找蓝色区域。莱娜端详着他，随后冲我微笑，我也报以微笑。

“几点了?”在奥托终于明白他们三人同时喋喋不休颇显低能之后，他才问道。“大约一点，或者一点半。”马斯洛回答道。

“一小时过后到我这儿来!”奥托招呼道。

“我拍了照片。”马斯洛把手机递给奥托。

“正是！正是这样子!”奥托盯了一下显示屏，然后把手机传递下去。

“这个东西有多大?”当手机传到莱娜手中时，她问道。她的头发与下午不一样，显得更为飘逸，肯定洗过了澡。印有“El CAPITAN”字样的黑色T恤衫也换成一件没有任何字样的黄色T恤。她右手腕戴了一块手表，显得特别粗陋。

“由于距离和速度的缘故，难说。”马斯洛回答。

“我只是看到彩色的光柱，然后就消失了。”库尔特说道。他从蓝色工装裤的胸袋中取出一张纸，展开，抚平。这是他在马斯洛办公室画的UFO图纸。“一切都转瞬即逝。”

莱娜审视这张图画。我觉察到，她肯定忍住了笑。

“我的更好。”维利说罢，也将一张图放在桌子上。像阳光那样黄色的光柱从UFO中射出来。整张画按挂在他房子或马厩里的圣画风格绘制。

“莱娜小姐，您相信UFO吗？”库尔特问道，“相信小绿人吗？”

“您把‘小姐’省掉吧！”莱娜说着朝库尔特一笑，库尔特马上羞红了脸，“小绿人我不信，但是那边，天上的某个地方存在着智慧生物。”

“他们为何不与我们联系呢？”霍斯特问道。

“正是，因为他们是智慧生物。”

莱娜的回答引起大家若有所思的表情。

“他们将毁灭我们。”奥托突然说。他的声音平静，但是深沉，似乎从坟墓里冒出来。他把吸了不到三分之一的雪茄摁灭在烟灰缸里，直到它几乎被完全弄碎。

大伙都吃惊地看着他。

“你怎么会有这种想法？”马斯洛问道。

“我有这种感觉。”奥托喝了一大口啤酒，尽管他最好喝水。

库尔特笑起来，维利不知道该不该共同发笑。

“哎呀，奥托，我已经跟你们说过了，他们肯定来过，为了瞧瞧这儿的一切！”马斯洛竭力让人觉得不必担心，“假如他们想对我们动手，早就做了！”

“我也相信，他们是和平的使者。”库尔特认为，但是听来却没有那么理直气壮。

“也许是上帝的信使。”维利说，“来吧，为了引领人类回到正路。”

这时外面响起了鸣笛声。桌子旁所有的人都吓了一跳。马斯洛和库尔特猛地蹦高，同时库尔特的椅子往后一倒。吕尔曼开始发疯地吠叫，跑到门口。汽笛鸣叫愈来愈响亮。听上去如同以前暑假里有人在玻璃吹制厂纵火，罗恩菲尔德和克雷姆贝格的消防队不得不出动。

吕尔曼、库尔特和我是站在停车场的第一批人。两辆巡逻车和一辆救护车从我们旁边飞驰而过，停在加油站前面。汽笛的鸣叫声慢慢消退，如同一台被拔掉电源插头的旧收音机里的音乐。三名警察从车上跳下来，其中有一个人敲着车间的大门。远处响起了雷鸣般的击打声。

一会儿工夫其他人都从酒馆里跑出来，张大嘴密切注视事态发展。

“这世界到底发生了什么……”马斯洛喃喃自语。

两名警察再次坐入汽车，轮胎冒出一阵烟开走了。他们在马路上做了向后转的动作，朝我们方向快速行驶了一段，在安娜的屋子前完全刹住车。不到一秒钟，他们便从汽车里冲出来，穿过前面的花园。我相信他们从手枪皮套里拔出了手枪。

有人出现在门口，但我无法辨认是何人，然后大家消失在屋子里。

救护车缓慢地从加油站开过来，停在路边。两名医护人员下车，打开了尾部的车门，抽出一副担架。

第三名警察从友友的房车下来，神色惶恐地站在屋前的空地上。最后他登上自己的汽车，一时半会儿什么事都没做。接着他启动引擎，警笛又响了一阵儿。然后他似乎发现了我们，朝我们方向开过来。

我们干脆不出声地站在那儿，等待着什么。吕尔曼也不叫了。我明白发生了可怕的事情。一方面我想知道到底发生了什么，另一方面我又想返回酒馆，喝啤酒，细听这些酗酒兄弟们的胡言乱语，思考为什么这里没有半点变化，不好不赖，生活如同处在一个奇异的童话中，直到所有时光结束。

但是这不奏效。

警车在我们脚下一米开外停住。这位警察费了好大劲才从车里出来，因为他太高大，起码一米九。他扶正帽子，摘下墨镜。就像在一部电影之中。

“晚安。”他说道，“约瑟夫·凯恩是你们的人吗?”

“嗯。”马斯洛答道。

我们其他人也点点头，当然除了莱娜。吕尔曼在警察鞋子上嗅来嗅去。

“到底发生了什么事?”马斯洛问道。他向前走了一步，为了显示他在此有发言权。

“我们也不太清楚。”警察说。他扭过头瞥了一眼。他再次朝我们转过身时，左眼抽搐了一下。“凯恩先生致电我们，发生了一起谋杀案。”

13

一小时后，我们大家又坐回“霉菌”酒馆。其间有两位警官和一小队保护现场痕迹的警员抵达。安娜的房前停了四辆汽车，救护车早已离开。没有人想给我们个准信，但是却可以推想。

高尔基死了。他怎么死的，我们不知道。警察带走了安娜和友友。我们亲眼看见他们从我们身旁经过，没有蓝光与警笛。友友坐入第一辆车的后座，安娜坐进第二辆车。

我们被分成三组。马斯洛，卡尔，我一组。十分钟前我们回答了一位警官的提问，此公体重超标，汗涔涔的，正在抽第三支香烟。这意味着我和马斯洛要回答问题。自然卡尔不明白全部混乱的原委，从他神情可以看出，他完全糊涂了。我对他说，一切正常，我安慰他。他此刻坐在那儿，紧紧抱住饼干盒，不时喝上一口可乐。

“这女人……”警官注视着他的笔记本，“安娜·布拉托夫。她最近表现如何？她绝望了吗？发疯了吗？”

“与平时相比，并没有特别绝望。”马斯洛说，“昨天深夜她来过我们这儿，讨取冰块，因为高尔基摔倒了。我从未见过她那么六神无主，疲倦不堪。就在昨天晚上，本，对不对？”

“什么？——对，对，昨天晚上。”

“遇难者，高尔基·布拉托夫是什么情况？最近几天您没觉得他不正常吗？”

“最近几天？”马斯洛苦笑了一声，“高尔基一贯不正常！自打我认识他开始！”

“您为何这样认为呢？”

“他打过仗，车臣战争！这让他发疯！他酗起酒来简直像个无底洞！脑袋里的画面被大水淹了！但是全世界都没有那么多烧酒！”

“他胳膊上全是伤口。您大概知道一些情况？”

“这是他自己弄的。他惩罚自己。为他在战争中的行为。”

警官卖力地记录。“约瑟夫这人……”

“友友？”马斯洛叫道，“他跟您说了些什么？”

“我在问您呢。”警官平静地说。警官约莫六十岁来岁，肯定工作经验丰富。如果他低下头，我们就看得见他脑袋上有啤酒垫大小的秃顶。“两人之间有没有发生过争执?”

“友友与高尔基之间?为什么呢?高尔基只待在家里!友友根本无法与其争吵。”

警官打量着我。

“友友整天都在看电影。”我说,“他与高尔基根本没机会见面。”

“他与……的关系怎么样?”警官翻看着笔记本,“安娜·布拉托夫?”

“他爱她。”马斯洛说,“这里。”他指指心脏部位,字母A和J刻在桌面板上,“您在方圆五公里的木头上都能找到这样的标记!”

“他喝一种令人作呕的魔水,数小时按摩头皮,好让头发长得更快。”我说,“一切只为了让安娜再次剪掉。”

警官写满了半页纸。

“等一会儿。”马斯洛突然说,“您不会在想,友友和……高尔基吗?”

“现在他嚷嚷着应该刺死高尔基。”警官在一团除了他自己以外无人能解的涂鸦后画上一个惊叹号。

“什么?”马斯洛喊道,跳了起来,连他的椅子也朝后翻倒,“您可别信这家伙!他疯了!”

其他人的目光都转向我们这边。

“不可能啊。”马斯洛坐好之后，我说，“友友是谋杀犯？”我差一点笑了。但只是差一点。

马斯洛像匹马那样打了个响鼻。“他连只苍蝇都伤害不了！”他用手帕擦擦挂满汗珠的额头，然后握住拳头。如何能这样盘问呢？

我摇摇头。“不可能是友友。”我说话声那么小，几乎被环绕在周围的声音淹没。

“我知道。”警官说，合上他的笔记本。

马斯洛和我目光呆滞地注视他。

“他多次宣称要用刀行刺。但遇难者身上只有一处刺伤。此外，死者从今天早上开始一直躺在厨房里。”

“您为什么随后逮捕他？”

“他是犯罪嫌疑人。”警官说。

“那么安娜呢？”我问。

“她是主要嫌疑人。”

“胡说八道！”马斯洛大声反击，手在空中挥舞，似乎要赶走大黄蜂。然后他好像明白了与谁在说话。“请勿见怪！警官先生。”他平静些说道，“但是这应该完全排除在外。安娜整年都在悉心照料高尔基。任何其他女人早就离他而去。安娜留在了他身边，她从未放弃过。”

“也许吧。”警官说道，“也许她累了，受到了挫折，只想离开他。”

“不。”马斯洛说道，“不可能。”

“事件会清楚的。”警官喝掉水，轻声叹息着站起来。汗湿的衬衫在他肚皮上绷紧。他的西装上衣下有插着手枪的枪套。他对身穿制服的警察低声嘀咕了几句。此人正与库尔特、维利和莱娜坐在桌子旁边。然后他与正在询问奥托、霍斯特和阿尔方斯的便衣警察交谈了片刻，做了记录。

警察们走后，我们又坐回固定餐桌旁，喝起啤酒。莱娜也换成啤酒，吕尔曼的盘子里也倒满了酒。一分钟之前，库尔特、维利、霍斯特和阿尔方斯还在疯狂地瞎聊，评天说地，提出推测，可现在他们却精疲力竭，独自发呆，好像慢慢理解了事件的来龙去脉。马斯洛、莱娜和我放任他们交谈，自身却保持沉默。我相信，大伙倘若受到惊吓，就会有这感觉。几人坐在那儿，呆视着空气中的窟窿。成百上千种想法在脑子里盘旋，但是没有一种可以抓住。我爸爸去世时，我还是小孩，不知道震惊、创伤、悲痛为何物。当我不得不向他们谈论我的感受时，所有都是心理学家用的概念。我不想去那儿，谈论我父亲。他去世后的头几个礼拜里我在想，一切都是误解、混淆、恶心的笑话。我坚信，我爸爸有一天会散步到门口，好像什么也没有发生。妈妈有时候说，我们现在独处，我点点头。但那只是闹着玩，因为我不相信她。甚至在葬礼上我都拒绝接受爸爸永远离开的现实。当然没有棺材，因为尸体显然已经葬在了非洲。至今这种想法还在我心头掠过：他还活着。虽然随飞机坠落，但是他并没有丧生。他在事故中失去记忆，从此在热带稀树草原迷了路，他不知道，我还在等他。

“本?”

有人把手放在我肩膀上。

我摆脱了思绪，认出了马斯洛，他坐在我旁边。八双眼睛对准我。甚至卡尔都充满忧虑地注视我。

“一切正常吗?”

“当然。”我挺直了腰髋部位，展露微笑，这些也许特别不可信，“为什么呢?”

“你刚才丢魂了。”马斯洛摊开手掌扫拍我，好像我吃了什么玩意儿被呛到了。

“我认为我需要些新鲜空气。”我说罢，站起来，走出房间。

到外面，我坐在围墙上，仰望天空。尽管一轮弯月在薄云后闪现，夜晚仍然让我感觉特别黑暗。

我考虑是不是安娜杀了高尔基。她是否觉得疲惫与绝望，给他肚子上捅了一刀。也许她想让他解脱。从负债，梦魇和难以忘怀中解脱。

马斯洛踱出来，站在我几步之遥的地方没有动。“喜欢独处吗？”他问道。他胳膊交叉在背后，两只手肯定都拎着啤酒瓶。

“没事。”我说道。

马斯洛坐在我身旁，把酒瓶放在我们之间的围墙上。我们注视了一阵儿飞蛾和小虫子在路灯下飞舞。

“你现在打算怎么办？”我不知何时问道，拿起一瓶啤酒，喝了一口。

“UFO？”马斯洛看了看表，“哦！霍斯特和阿尔方斯本来应该在那儿待几小时。但是现在当然不行。”

“你觉得他们会把友友关起来？”

“只是今天晚上。明天他还要再次接受讯问。然后他们才能放他。”马斯洛喝了一口，“至少警官是对我这么说的。”

“那么安娜呢？”

马斯洛长长叹了一口气。“安娜。”他轻声地说，摇了摇头，“我不知道。”

一只蝙蝠从路灯的光线下嗞的一声消失在黑暗之中。

“这是警官给我的。”马斯洛从西装上衣的胸袋里取出一张名片，递给我看，“我明天可以给他打电话。他认为我下午就可接友友回来。”他塞好名片。

“他一定要和安娜待在一起。”

“那该怎么办呢?”

我耸耸肩。

“他在这儿可以受到更好的照料。另外我还需要他。”

“你还想实施UFO计划吗?”

“哦，当然了。明天晚上轮到莱娜了。”

“她马上就会识破，纸板糊的东西，挂在钓鱼竿上。这不是很无聊嘛!”

“她看不到纸板模型，本。”马斯洛冷笑了一下。

“你让其他的道具登场吗?那只大号的?”

马斯洛点点头。他神情严肃，声音接近郑重:“明天就是表演时间。”

我需要一会儿工夫理解。

“如果友友明天出不来，别以为我能替代他!”

“甭害怕。他们会放他出来的。你不必替代任何人。”

“好吧。”我说。

马斯洛画了个十字，大声地呼了口气。忽然，我感觉他特别苍老，也许只是光线的缘故。

“我还有一个问题，你说过，UFO大约可以飘浮三分钟。你如何控制让莱娜恰好仰望到天空?”

“她会到修理车间的屋顶上去。”

“她到那里要干什么?”

“参加高尔基的追悼会。”

“追悼会？在车间屋顶？”

“正是。”马斯洛站起来，摊开胳膊，“所有人都受到邀请。我致悼词，我们喝一瓶俄罗斯的伏特加纪念他。只有友友缺席，人人都能理解。只要天真正黑下来，大约十点钟，十一点半，他就让气球升起来。”

“他明天下午从班房出来。他全都准备好了。”

“我知道，本，我更喜欢推后此事。请相信我，但是现在莱娜来了。她是唯一来此地的记者，她不会永远待在这儿。明天是我们唯一的机会。”

我开始撕啤酒瓶上的标签，这样就不必再看马斯洛。我完全不反对为高尔基举办追悼会。但是办追悼会，只是为让莱娜看见UFO让我感觉恶心。我不由得想起了友友和安娜，他们或许还躺在恐怖的监牢内坚硬的木板床上，纯粹因为担忧而无法入睡。

“我知道时间点不太妥。”马斯洛说，然后又坐到我身边，“你要是觉得我龌龊下流，我并不怪你。但是你得知道，友友欠了我一屁股债。十年来我付钱给他，让他坐在商店里看电影。十年来我没有问他要半个子儿的房车租金，甚至一分钱的水电费。十年多了。本，现在是时候了，他得替我办些事。”

“像你认为的那样。”

马斯洛叹了口气，挠了一下脑袋。我一块块地把标签纸从酒瓶上抠下来。蟋蟀的叫声忽然在我耳朵里响起。

“因为这支辊轴……”

“哦，你真不害臊。”我嘀咕道，“辊轴。”

“没那么糟糕。”马斯洛使了个眼色，“没人会知道，明天就会派上用场。”

我想起了清单，从裤子口袋里掏出那张折叠好的纸。“这是我今天做的。”我把这张纸递给马斯洛。

马斯洛瞄了一眼：“谢谢，但是我觉得恐怕还得用那根旧的。”

“旧的还夹在那儿呢。”

“不管用什么方式都可以。”马斯洛起身，深深地吸了口气，“我还得再进去一下。这些家伙今天需要喝啤酒。”

我点点头。

“你们明天过来，卡尔和你，怎么样？”

“好的。”我再次揣好纸片。

“那么就九点钟？一言为定？”

“说定了。”

“谢谢。”马斯洛走开几步，又站住，朝我转过身，“小娘们蛮甜的，对吗？”

“你笑得真肮脏！莱娜可以做你女儿了！”

马斯洛一笑，然后穿过停车场，消失在酒馆里。

我仰面躺倒，凝望天空。云层已经消散，头顶上无数的星星闪烁。我相信，九点钟可见鹿豹座。我寻找北冕座，但无法确定是否位于我猜的位置。只是不用质疑大熊座。大熊座是我爸爸指给我看的第一个星座。那时我七岁，我们一道去海边露营。我被准许熬夜，反正我兴奋得睡不着。我们躺在沙地上，遥望天空，同样的天空，现在也横跨在我头顶之上。

“你都清楚了吗?”

我猛地坐直身子，把啤酒洒到了衬衫上。

“我不想打扰。”莱娜站在我几米开外的地方，像马斯洛刚才那样。似乎我很危险，或者有传染病。

“不，不，还好吧。你没打扰我。”

“我得躺一下，好长的一天。”

“是的。”我寻思着该如何表达，但是什么都想不起来。在学校或者课后我也不知道如何与我喜欢的女孩攀谈。在职业学校只有一名女生，她没有男朋友，我可以考虑。安珂·弗利林。但是安珂自己也非常害羞，我俩都没有勇气迈出第一步。

“那好，晚安。”莱娜微微一笑，举起手，转过身，返回酒馆。

“晚安!”我喊道。然而莱娜已经走过大门，没过多久楼梯间灯亮了，随后是她的房间。她房间的窗户敞开，窗帘却是合上的。在浅色布料后边可见她的剪影。她再次经过房间，从我的视野中消失。

莱娜让我感觉迷惑。刚才在酒馆里，我们大家坐在桌子旁，她一言不发。我几乎没有仔细打量过她，因为只有她说话时，才能那么做。作为一名记者，她并没有显得特别好奇，尽管她在仔细倾听。有一次，我观察到她摸了摸吕尔曼，当她把脑袋转向我时，我不得不迅速地移开目光。我们的目光也许非常短促地相遇了半秒钟，但是已经足够了。也许我脸倏地红了。我的脸肯定很快发烫，仿佛打开了炉门，取出一块蛋糕。我脖子好像被卡住了，几乎透不过气来，我一口气几乎把一杯酒喝光。然后我眼睛盯住桌面发呆，乐见马斯洛给他的一个出色故事以最佳的褒奖。

即便如此我仍有时间仔细观察莱娜的面孔。她棕色的眼睛，瞳孔中闪亮的碎片，略微晒成棕色的皮肤上的雀斑。嘴唇的弧形，浅红色宛如温室后面的覆盆子。样子如同她最上端的外耳弯曲。她微笑时脸颊上留下浅浅的酒窝。

她没有出现在窗户旁。也许她在浴室里，在刷牙。或者躺在床上，阅读。我自问她在全然兴奋之后能否安然入睡。我无论怎样都难以合眼。但是莱娜不认识高尔基。安娜和友友深陷囹圄，她也无须关心。也许她正在与报社的总编通电话，问他如果放弃UFO的故事，是不是还应该报道一下谋杀案。

我把温热的啤酒倒在金钟柏树丛里，踮起脚，揉了揉眼睛。肯定十二点都过了，卡尔上床的上限时间。我最后往上瞥了一眼。莱娜好像一直醒着。或许她真累了，没关灯，直接就睡着了。

随后我发现马斯洛房子一扇窗户里的光柱。我想可能搞错了。但是光又闪了一下。我走了几步穿过空地，想看个究竟。

那儿亮光又出现了，这次我非常清楚。

这是手电筒的光线。

14

我踮起脚尖走过马斯洛房门前昏暗的走廊。幸好地面是地砖，没有咯吱作响的木地板出卖我。我大约两分钟前从偏门走入这幢房子内，还能听到酒馆的声音。奥托与维利争吵起来，然后传来的声音，好似马斯洛在柜台后面朝他们大声呵斥，两人就不再吭声。一楼躺着多条从楼梯上脱落的楼梯扶手，我抄起一条作为武器，以防万一。

即便昏暗我仍能看见门口敞开一条缝。我在脱鞋，穿袜走入公寓之前，等了片刻。到屋子里，我又重新站住，细听响声。没有什么。暗淡的月光和过暗的街灯，只能照亮房间一半。我小心走了几步，进入半明半暗之中。马斯洛的公寓房超大，由五间房组成，占据了整个楼层。我并不常到上面来，但是能够回忆起它的布局。我站在起居室内。左边是客房，旁边是带相邻浴室的卧室。我的前方是厨房和办公室。

忽然，我听到一个声响，好像有件轻便的物体滚落到地面。声音来自卧室或者浴室。我缓步挪向那两扇门，几乎屏住呼吸。我能想象要与谁打交道，紧握手中这条旋制的楼梯扶手。在浴室门下我感觉看到一处微光，我屈膝向前。一道漫射的黄色灯光从门缝透出。我四肢爬行向前，最后一次在门口听，然后小心推开。一股马斯洛刮胡水的味道在空气中弥漫。

光线消失了。

正当我起身，想摸索电灯开关时，门被全力推开撞到我脑袋上。一阵混沌的剧痛穿透我全身。我身体向后一歪，迷迷糊糊地倒在地上。耳朵内嗡嗡作响，我听到远处有人跑过房间，房门落锁。我第一次不用看天空，便眼冒金星。我的手仍然紧紧握住楼梯扶手。我松开手，轻声咒骂着坐起来，抱住自己脑袋，好像不这样它就会炸成碎片。

最后我终于站起来，跌跌撞撞地走入浴室，捧起冷水浇在自己脸上。我的脑袋瓜如同蜂箱。我屈身在水槽旁边站了一会儿，等待疼痛有所减弱，然后才离开公寓，再次穿上鞋，往下走到三号房间。穿过钥匙孔我看到门后面依旧有灯光闪亮。我敲了敲门，等了一会儿，再敲了一次，这回更用力。房间内没有动静。

“喂？”我喊了声，“莱娜？”我自己的声音让我头痛欲裂。

“莱娜，是我，本！开门，我知道你在房间里！”我用拳头砸门，但最后只好放弃，顺楼梯下来走入酒馆。

除了霍斯特和阿尔方斯，众人仍然坐在固定的餐桌旁。卡尔一见我，露出微笑，又埋头看他的画报。奥托、库尔特和维利这会儿已醉得不像样子，口齿不清地唠叨着难以理解的废话。吕尔曼躺在一旁睡着了，嘴巴旁边搁着空盘子。

马斯洛站在吧台后面，把玻璃杯收到架子上。“我想你准到外面睡觉去了。”

我从冰箱里取出一瓶啤酒，打开，喝掉了近乎一半。然后把冰凉的杯子放在额头上。“有人闯入你的房间行窃。”我轻声地说，尽管另外三个人多半无法更多明白周边发生的事。

马斯洛笑了。然后他好像想起我从不开玩笑。困惑地盯着我，“你说什么？”他问道。

“跟我来！”我一口喝干剩下的啤酒，走向大门。

“我马上回来，小家伙！”马斯洛冲着固定的餐桌喊了一声，“灌酒龙头马上就要生气了！”然后他随我离开。

我在走廊等候，直到马斯洛关上柜式房间的大门。他打开灯，我眯缝起眼睛，因为光线刺痛了我。

“她还在你房间里。”

“谁？”

“莱娜！”

“什么时候?”

“就是现在!”

“你确定? 你看见她了?”

“她用浴室门撞击我的脑袋!”我用两手把头发向后撸，让马斯洛能够看清楚我额头上的乌青和肿块，

“只红了一点点而已。”

“啊?”我只好控制住自己，不向马斯洛高声怒骂，“他妈的，我脑袋都要炸了!”

“你现在打算怎么办?”

“我? 她闯入了你房间。”

“房间本来就没上锁。”

“你不介意，有人到你房间偷东西吗?”

“倘若真是这姑娘，肯定什么都不敢偷。她只是想到处看看。报社里的人叫作调研。”

我目瞪口呆地盯着马斯洛，肚子里琢磨着他此刻是否丧失了理智。

“你究竟期待什么，我能做什么?”他问道。然后他装腔作势地摊开手。“如果我质问她，她会竭力否认。我们没有证据啊。如果不是，她岂不是受到侮辱，明天就溜之大吉。”

“那么到底是谁呢?”

马斯洛没有回答。我转过身，走上楼梯。我每走一步都感

到头痛欲裂。

“嗨，等等！”马斯洛喊道。

我没听他的，跨上最后一级楼梯，沿走廊跑起来。我在莱娜门口站住，用拳头捶门。

“你干什么？”马斯洛拽住我肩膀，拉我回来，“住手！”

我正想向他明确表示不满，通往浴室的门这时打开了。莱娜走到过道上。她穿了塑料拖鞋，一条红色阿迪达斯训练裤，一件白色T恤衫。前面印有PEAK PERFORMANCE[①]字样。一块毛巾搭在脖子上，头发湿漉漉的。她吃惊地注视我们，然后笑了。

“你们找我吗？”

我没有吭声。

马斯洛最终松开了我，清了清嗓子：“我们只是想来看一下是否正常。”

“简直棒极了！”莱娜说罢，关好浴室门，朝我们走来，“我刚才美美洗了个澡，妙不可言。”她笑容可掬地注视我们，身上飘来一股苹果和香草味道。

“您刚才在浴室里吧？”

莱娜似乎觉得这问题蛮有趣。“对呀！”她说道。

---

① 瑞典知名体育运动服装品牌。

现在我才发现她嘴唇上的结痂不见了。假如我没有特别生气，也许还能生动地想象如何亲吻这个晒成棕色的皮肤上略微凸起的玫瑰色部位。

“热水还能用吗?”马斯洛问道，“不时会有些问题。”

“今天没有。”莱娜回答，用毛巾擦拭着头发，“我洗澡肯定花了半小时。”

“半小时。”马斯洛重复道，用胳膊肘把我推到一边。

“我希望水还能够您用。”莱娜说着从裤子口袋里掏出房门钥匙。

马斯洛把我拉到一边，让莱娜经过走到门口。

“你不必担心，水箱非常大。”

莱娜转动钥匙，“嗯，明天见。”她朝我们投来最后一个假惺惺的微笑，走入房间，要让我们知道今天不想再被打扰，便大声关上门。

自动顶灯熄灭了。

马斯洛用双手把他面前的我推往昏暗的过道。“你瞧见了?不是她。”在我们距离莱娜房间足够远的地方，他说道。

“当然是她啦!”我嚷道。

马斯洛猛力把我往前一撞，弄了我一个踉跄。“别那么大声!”他嘘了一声。

我们走上楼梯，来到了最高层。

“不可能洗了半小时澡，只弄湿了头发。这个半分钟都不要！”

“我们首先检查一下有没有丢东西。”马斯洛走入他的公寓，拧亮了灯。

马斯洛常年穿着浅色服装，但是与他的家具相比，完全是另一种口味。起居室摆着黑色皮革制作的大沙发和两只沙发椅。在两扇窗户之间是一只老旧的棕色木柜，对面墙壁旁摆放着配对的五斗橱。橡树地板上铺有两块深红色波斯地毯。甚至墙壁上的图画都阴森恐怖，其中一张描绘了昏暗的森林，另外一张是夜间的风景。

马斯洛拉开五斗橱抽屉和小茶几抽屉，然后检查了柜子和沙发旁摆放的木箱。

“东西都在。”他说道。在办公室他拧开写字台上的台灯，抽出文件柜的抽屉，扫了一眼书架，“这里的也都在。”他走向浴室，差一点被我丢在地毯上的楼梯扶手绊了一跤。他弯腰捡起来。

“这是我拿来的。”我说。

“明白。”

“我不知道，我期待什么。”我一把从他手里夺过木棒。

“清楚了。”马斯洛说。他打开浴室灯，瞧了一眼，然后走入卧室。“这里也没有丢东西！”几秒钟后他说道。

我坐到一只柔软的皮沙发椅上。“你确定？没丢钱，没有丢值钱的玩意儿？”

马斯洛从窗台上拿起一只上了彩釉的花瓶，在手里转动，然后再把它放回原处。“我告诉过你，莱娜不是小偷，而是记者！”

“她到你这上面找什么？”

“就我所知。”马斯洛坐到一只沙发上，身子往后一靠，伸开双腿，“她要查明我们是谁。”

“你这里有UFO的计划或者这类东西吗？”

马斯洛摇摇头：“当然没有。”

座钟敲响了十二点半。我吓了一跳。可怜的卡尔还与三个喋喋不休的醉鬼坐在酒馆里，也许早就想上厕所了。要么他已躺倒在吕尔曼旁边的地板上，睡着了。我从沙发椅上撑起身子，走向门口。

“晚安。”我嗫嚅着，拧亮了过道灯。

“嘿，你想想，我留在这儿？”马斯洛跟在我身后，我们一道走下楼梯。

我帮卡尔戴好头盔，扶他坐入车厢，启动嘟嘟车的引擎，让机器发出几声轰鸣。然后我在停车场转了一圈，抬头朝莱娜的窗户望去，灯已经熄灭了。

我来到街上，踩下油门，让迎面而来的凉风清醒我的脑袋。

Peak Performance.

假如我的英文没有搞错，这大概是“最好成绩，最好表现”的意思。在此之前莱娜就真正表现过了。

15

次日早晨我又开始头痛。只是这次不是因为啤酒，而是被门撞的。我站在浴室的镜子前面，做了最坏的打算，但没有发现什么异样，我的额头既未变绿也没变青。肿块经过一夜也没有变大。我有点失望。

我洗漱完毕，穿好衣服，去看卡尔，他还躺在床上。我让他继续睡觉，走入厨房，准备做早餐。我在烧茶水期间，搜索定时播送新闻的地方电台，但是似乎没人对谋杀新闻感兴趣。我寻思着高尔基待的地方。从侦探片中获悉，有人会把尸体送入停尸间，调查杀人凶手，确定真实的死亡原因。刺刀等凶器也许放入一只塑料袋，肯定不乏手印与血迹。我想到假如凶手戴着手套可能发生的情况。然后警察也查不出谁杀了高尔基，安娜和友友还得蹲班房。直到有人承认。也许他们共同谋杀了高尔基，想跑到巴西或者巴布亚新几内亚。但是当高尔基躺倒在厨房地板的血泊之中，他们又感觉非常害怕，友友随后报了警。

在更多的胡思乱想弄得我头痛加剧之前，我叫醒了卡尔，帮助他洗漱和穿衣，然后和他一块儿坐在餐桌旁。我替他抹了面包，在他茶里倒了些凉水，以免烫伤他的嘴巴。他表示感谢，开始吃早饭，慢如乌龟。我看到水槽上的黄色橡胶手套、面包刀和红色醋栗果冻，忽然没了胃口。

然后我陪卡尔走入他房间。我膝盖高度的地方摆着当地的电话号码簿和一个笔记本。卡尔在墙壁上贴碎纸片的时候，我记下当地报纸编辑的电话号码。窗户敞开，一阵暖风袭来。户外很安静，只是不时有只蟋蟀在草地上鸣叫，或者昆虫嗡嗡飞过。我记下三个电话号码，然后拿起厨房的无绳电话，拨打了《克雷姆贝格信使报》的号码。接待处的女士并不知道报纸有无雇用一个名叫莱娜的人，她替我接通了一位编辑。此人也无法继续帮助我，认为可能一个临时工叫莱娜，临时工大多数都是大学生，他们通常来去自如。我表示感谢后，又试图到《罗恩菲尔德导报》探个究竟，该报一位非常严肃的女士向我保证，她编辑部没有名叫莱娜的人，既非固定工，也非临时工。《东北信使报》是三家报社中最大的一家，我接通了该报的总编，他也告诉我，眼下没有一个名叫莱娜的员工。

还有一份《施特里策公报》，但是该报编辑部只有一个老男人与他妻子，叫什么德劳默或者波奈特或者伯莫斯。过去这份小报派送给本地区所有的家庭。但是那个时代早已过去了，至少在温格罗登。小时候我肯定曾经拿《施特里策公报》点过火，做过一顶帽子或者叠过一只船。电话那头的人咕哝着，我只听懂了一半，他坚持他和他妻子十年来只是两人办报，从来没有听说过"耶娜"的名字。我告诉他，叫莱娜，他已经挂掉了电话。

我花半个多小时打了一通电话后坚信莱娜不是记者。她若是记者，要么业余时间替《克雷姆贝格信使报》，要么替其中一家大报工作，我对此强烈质疑。她轻易地在温格罗登出现，伪装汽车故障，除了UFO之外，肯定还有其他原因。也许是因为税务侦查，打算欺骗马斯洛。要么她就是一个在逃犯，再次藏匿躲避追踪者。她也有可能是作家，创意耗尽了……不，那么她几乎不可能在这个偏远的穷地方找到故事。也许她在寻找某些东西，在行李的机密隔层里可能有一份计划，一份中世纪的藏宝图。她可能在跟踪第二次世界大战销声匿迹的金条。或者她想从一处秘密地点取回二十年前她爸爸参与抢劫银行的战利品。

胡思乱想！我继续想象着。莱娜从家里溜出来，钱花完了，轻易地摆弄马斯洛，为了能在“霉菌”居住。不知何时她就会销声匿迹，不付房费，那辆她称之为“路易丝”的破车，将留给我们作纪念。

但是她到底要在马斯洛房间干什么呢？

我的脑袋嗡嗡作响，我想放弃。我想了解莱娜的秘密，肯定要向她打听。为了转移话题，我拖上提抗议的卡尔来到露台上，与他玩了一轮记忆游戏。我们喝早餐剩下的凉茶。收音机的音乐单调无聊，声音轻到被卡尔的喘息声盖过。

第三场记忆游戏结束后，电话铃响了起来。马斯洛告诉我，他与警官通了电话，现在正驱车到城里去接友友。我向他打听莱娜，他说莱娜借了他的自行车。他再次请我晚上参加追悼会。然后我祝他一路顺风，搁下电话。

我又回到露台，卡尔没有坐在那儿，而是站在田地上。我拿起他的帽子，走过去。他展开双臂，像一名交警站在十字路口指挥交通，然而却愣住了。或者像老年的胡思乱想者，在扮演耶稣。他从露台架子上的密封大口瓶中取了鸟食。他双目紧闭，但我知道，他能听见我。

“半小时。”我说完，把帽子戴在他头上。

“谢谢。”他说道。

我坐到柳条椅上，埋头阅读非洲图书。看了几页之后，挪开书，因为我脑袋一直还在疼痛。我喝了一口茶，身子往后一靠，把脚丫搁在桌子上，闭上眼睛。昏暗产生了不错的效果，尽管这让我想起昨天晚上，想起浴室以及撞了我的浴室门。我竭力不去想莱娜，但是大脑要想她的那部分却占据上风。每当我全神贯注，就能看见她。我如若真花点功夫，甚至连她身上的苹果味和香草味都可以闻到，昨天晚上这气味宛若甜蜜的云彩包围了她。

“喂?”

我眯起眼睛看看亮光，希望我也能戴墨镜。我爸爸从不戴墨镜，即使去非洲也不戴。他的宽边帽足够大，在他眼睛前留下阴影。大草原、热带稀树草原、动物皮毛和天空的颜色清楚而真实，不透过上色玻璃观察，对他来说更重要。或者，他想让他遇见的人与动物能看见他的眼睛。我没有问过他。

“有人在家吗?”

我认出了声音，它来自房屋另一侧。卡尔听不到，或者忽视了。无论如何他都没有移动半厘米。阳光如此耀眼，卡尔的轮廓如同在白色液体中若隐若现。

“喂，你在这儿啊!”莱娜把马斯洛的自行车推上草坪，站在露台前。她摘下墨镜，一种外观昂贵的运动款，浅蓝色窄镜片，镜架是亮闪闪的银色金属。

“嗨!”

“喂!”我说道，并没有站起来，或者不想让人看出因她的突然造访而不知所措。

“你好吗?”莱娜把自行车停好，撩开额头上一缕汗湿的头发。

“可以吧。”我说，“头痛。”

“啊?”

“嗯。”

莱娜挠挠大腿。她穿着体操鞋，一条在膝盖分开的裤子具有隐身效果，一件温格罗登的广告T恤衫，肯定是马斯洛的礼物。

“今天天气非常好，对吗?”

我没回答。关于天气的谈话眼下最没意义。马斯洛和他那伙人可以谈上个把小时，风向如何变化，气温如何下降，晚霞不是红色，而是紫色。如果他们在固定的餐桌旁谈这些事，我权当耳旁风。

“我可以喝点什么吗?”

我愣坐了一会儿，似乎在沉思。然后起身，走入厨房，取来一只杯子。

我返回时，莱娜坐在卡尔的藤椅上，正在用她的T恤衫擦拭墨镜的镜片。我把茶水倒入一只杯子，她一饮而尽。

“谢谢。”

我点点头，坐到我椅子上。

“他在那儿干什么?”莱娜指指卡尔。

“喂鸟。”

“我没有看见鸟啊。”

“以前这里什么鸟都有，卡尔与它们干过一仗。”

“鸟群吗?”

“鸟类吃掉植物种子，包括花种。”

“然后呢?”

“卡尔有一次毒死了几只鸟。所以我奶奶离开了他。也许并不是这个原因。”

莱娜似乎若有所思。这些无疑符合她内心中温格罗登蠢人的想象。

“他每天都站在那儿吗?”

“要是遇到下雨或者下雪，我就不让他出去。”

“就这样看着胳膊都让我感觉酸痛。他为什么要这么做呢?”

“不知道，我估计，他希望这些鸟哪一天能飞回来，达成和解。”

“他把鸟毒死的时候，你在跟前吗?”

“不在，我当时才三岁。”

“从此以后就没有一只鸟飞来这里?”

我摇摇头。

“连一只都没有吗？就像一次惩罚。遭到毒死鸟类的惩罚。”

我喝了一口茶。一次惩罚。我倒没这样想。但是不知怎的它让我明白了，这块穷乡僻壤遭到了报应。

“我想把这里全都涂白。”

我不知道莱娜在说什么。

“挂上植物。蕨类植物，在花盆里。”

显然，她指的是露台。我环顾四周。和塞尔玛买下这幢房子后，卡尔修建了露台。那时候他们还彼此相爱，我在想，因为一年之后我爸爸出生了。他小时候在这儿玩耍。有一张照片展示了他坐在木楼梯上，一只手攥柠檬汽水瓶，另一只手拿蝴蝶网。现如今露台已破败不堪。木头长满斑点，出现了裂缝，扶手摇晃，最下面一级楼梯也坏掉了。

“你能带我看看花圃吗？”莱娜站起来，逼视我，好像不是征询，而是命令。

“这里没有太多东西可看。”我说，坐着没有动。

“我觉得也是。”

我奇怪莱娜如何装得昨晚什么事都没有发生。我脑袋瓜还在剧痛，因为她昨天晚上用门撞了我一下，她似乎觉得无所谓。她是否真以为我不知道她在马斯洛公寓内到处窥视？或者她根本不知道，我就是被她奔跑撞倒的人？毕竟黑灯瞎火，一切又那么迅速。我琢磨着要不要干脆问问她。

“你来吗?”莱娜在亟待修剪的草地上等候，冲我微笑。

我决定把这个话题推后，走到她跟前。一定是她的头发有苹果香味。海克·伯尔曼，一个职业学校的姑娘使用过这种香波。她人长得挺美，但是高傲，不懂事，家庭出身不错。我想起她，因为她曾对我说过，我是一个漂亮的男孩，可惜太无足轻重了。香草气味与温暖的空气混合，也许出自一款香水或者一种沐浴露。我预测是后一种，因为莱娜怎么也不适合那种香水的类型。

“我们能把他撂下不管吗?”

“谁，哦，卡尔?明白了。我们五分钟之后就回来。”我不知道要给莱娜看什么。除了长满杂草的苗床、暖房和工具棚外，没有其他东西。我顺着一条踩出来的狭窄小路穿过草地，然后走到埋在杂草下面几乎看不见的木板路上。在暖房面前我站住了。

“里面是什么?”莱娜问道。

“没什么。”

“我们可以进去吗?”

我开始慢慢地考虑莱娜打算干什么。首先她出现在这里，装作昨晚什么都没有发生。现在她要与我走入弥漫着腐败气味的暖房，里面也许有四十度的高温，肯定没有苹果和香草的味道。她要从我这儿了解什么呢？这想法荒谬。莱娜二十岁，也许年纪更大，绝不会对我这个毛头小子感兴趣。也许她只感觉无聊。花圃肯定让她觉得犹如一座冒险游乐场，它曾经为我存在过。要么是这样，在这儿的某处埋有上次战争遗留的金条。

“本?”

我注意到我已经握住门把手，注视着暖房昏暗的内部。我转过身，显然神情非常胆怯，莱娜不禁笑起来。

“你在里面看到了鬼魂吗?”她边问边从我旁边透过粉刷了石灰的玻璃张望。

“压根没有什么鬼魂。”

“我知道，只是一个笑话。”

“哦……是的。”我说，微笑了一下，因为莱娜也报以微笑，“门卡住了。”门的确无法打开，因为前面的石板被厚厚一层苔藓和腐败的树叶盖住。我用脚把这些东西刮除，终于成功地拉开门。

我踏入暖房，一股热浪像湿毛巾般笼罩了我。空气中迷漫着陈腐的气味，摸上去沉重不堪，仿佛可以用手抓住它。外面浅色的光线透过石灰颜料刷过的玻璃窗照进来。陶罐的碎片，空塑料袋，过去这里堆放化肥和花泥。一条花园用的塑料软管以及生锈的工具散落在地面。我不得不把木箱子推到一边，以便继续往里走。

“为何这里没有种植物?”

“卡尔干不了，而我不想干。”

“酒馆的小伙子们说，你是园丁。”

“他们净说废话。”

“我想种些仙人掌。或者玫瑰，稀有品种。”

“我只学了园艺理论，因为我妈妈想要我这样。后来我干汽车机修工。”

莱娜捡起一个空荡荡的蜗牛壳，擦干净上面的土，仔细观察。“曾经考虑过把这些全都出售吗?”

“你认识哪位高人愿意购买这儿的东西？只要卡尔还健在，就不会卖掉。”

“明白。一棵老树就这样啦。”

“什么?”

“那好吧！就是说：老树不宜移植。”

“假如我中了彩票，马上把卡尔送到敬老院去。”

“这并非你认真的想法，不是吗?”

“我这么说是在开玩笑吗?”

莱娜仔细打量我。“没有。”莱娜把蜗牛壳揣进裤兜，在蓄水池上弯腰，池壁上布满一层绿色水藻。“如果我有爷爷，我愿意照料他。”

“那你可以把我爷爷领去。”

“这不是玩笑吧!”莱娜说道，用一种既悲伤又愤怒的目光瞥了我一眼。

“不，当然不是玩笑。”我忽然感到非常热，几乎喘不过气来。我走出去，来到露台上，喝了一杯茶，然后把卡尔从田里带出来。我摘下他脑袋上的帽子，给他喝水。然后我从他房间里取来饼干盒与画报。

我把敞开的盒子放在桌子上，将画报塞到卡尔手中，莱娜这时来到屋角。

“你好，席林先生!”她在露台前站住，靠在栏杆上，“喂，今天鸟飞来了吗?”

开始卡尔显得仿佛没有弄明白莱娜的提问，然后让我非常吃惊，他竟然张嘴说道:“没有，还没回来。”

本来卡尔从不与他见过少于两百次的人说话。维尔尼克女士治疗他将近半年，每次来访她要能听到卡尔说出一句完整的话都会非常高兴。

“不用担心，”莱娜说，“鸟儿会飞回来的。”

“是的。”卡尔说，再度埋头于撕纸片的游戏中。

“你只修理汽车、拖拉机或者自行车吗?”莱娜问我，用一只手指指马斯洛的自行车。

“我不喜欢自行车。”在我回答之前，卡尔说道。

我难以置信地望着卡尔。自从提到塞尔玛的每周回顾和她温暖的双手以来，这绝对是几周内他做出的最有逻辑的表述。惊奇之处还在于，卡尔的确不喜欢自行车。这点是我从爸爸那儿知道的。我五岁时，爸爸在我过生日那天，送给我一辆科波拉牌红色自行车。在准许我在后院转悠一圈之前，爸爸跟我讲，他小时候从来都不曾拥有过自行车，因为他父亲，也就是卡尔，投资过一家破产的自行车厂，损失了很多钱。

我再度想起卡尔的行为，他可能只是假装他的大脑被限制了运行。他就是一个老家伙，遭到妻子的遗弃，如同闷闷不乐的寄居蟹，出于固执返回了自身。他时而会暴露自己，说出一句完整的话讲出连贯的有意义的词语。但这纯粹是胡说。也许只有我在这样怀疑，因为我真的很希望卡尔是假装的。他其实能够很好照顾自己，不需要我从早到晚劳神。

“喂，本，这边地上。”莱娜冲我微笑，皱起眉头。

我痴痴地注视着她面颊上的酒窝。“什么？”

“你熟悉自行车吗？”

“为什么？”

“这辆车有些问题。”莱娜走向躺倒在草堆里的马斯洛的自行车。

我把车子举起来，翻转放在地面上，转动脚踏板。链条和齿轮盘完全生锈了，控制杆弯曲，此外前轮呈轻微的八字形，缺少几条轮辐。

“一堆实打实的废铁。”我说。

“你可以修理吗?”

“锈斑我可以刮掉，控制杆我可以扳直，但是前轮我必须在车间校直。”

“真倒霉，我还想做一次郊游呢。”

“郊游? 这儿吗?”

“马斯洛提到一个矿坑湖。”

“噢，他说过吗?”我返回露台的阴凉之中。听上去也许有点蠢，但是矿坑湖在我看来可是我的财产。我小时候就在里面游泳，只有我知道挖土机铲躺在湖底，外观如同恐龙的脑袋壳。我曾经与耶特·吕德斯去过那儿，教她游泳，展示扎猛子和潜游的功夫，但是她怕水。当她父母知道我带她去了湖边，就再也不允许她与我约会。

“你知道能在里面游泳吗?”

我耸耸肩:“不知道。”

“嗯，步行太远了。”莱娜坐在阴影下的第二级台阶上，玩弄墨镜的镜腿。

“我们可以乘嘟嘟车前往。”我说罢，心里想为什么会向莱娜提这个建议。毕竟我还在生她的气。另一方面，该死的今天太热了，只有老天不痛不痒地确知温格罗登的生活，把这种机会射向风中。

莱娜一下蹦高。“真的吗？”她喊了一声，拍拍手。

“我们三个人都去湖边。”

我完全忘记了卡尔，因为我一直在竭力想象莱娜穿比基尼的样子。当然，卡尔一定得去。卡尔，真是一个大麻烦。一个巨型婴儿，时刻都不能离开我的视线。

“当然啦。”我说，“十分钟之后就可以出发。”

16

去矿坑湖首先得驾车沿乡村公路开上三公里，然后再经过五百米长的鹅卵石路。湖周围散落着几棵病态的树与枯树，石头之间到处长满了坚韧的黄色小草。一间临时木板房的残骸和一条传送装置生锈的部件是过去这座矿坑的唯一见证。一条足够一辆卡车通过的道路往下通往积水的坑底。矿坑大约四个足球场那么大，湖面占了一半。在湖中心，最深之处，湖水呈深蓝色，接近黑色，边缘是棕色黏土，极像石头。湖岸笔直落下接近一米。春天这里聚集着蝌蚪。我不停地寻思，这些癞蛤蟆到底从何方来产卵，因为矿坑周围都是干涸的平地。此地的最后一车砾石七年前就运走了。但是有人立了一块牌子：*不准入内！危险！*但是这块牌子不知何时被撞翻，烂掉了。夏天我每周至少来这里两次，凉快一下。迄今在这“私人游泳池”内，我还没有见过一个人影。

今天是第一次，除了卡尔还有别人在场。一种奇妙的感觉，但感觉不错。每当莱娜一笑，声音就从矿坑壁反射回来。我的肚子里便填满痒痒的温暖。我提到挖掘机的铲斗，她便和我一道下潜，毕竟只有四米深。她像条鱼一般游泳，比我憋气时间长。

然后我们躺在一条浴巾上，让太阳晒干。她穿一件深绿色游泳衣，直到脖子处，泳衣很紧，把她的乳房压平了。我从电影和书籍中知晓，女人如果挨冻或者受性刺激，乳头会变硬，但是空气和矿坑里的水那么温暖，莱娜好像也没有激动起来。为什么她会是这样呢？大概因为她与一个瘦骨嶙峋的老头和一个神经质的乳臭未干的讨厌鬼坐在一个矿坑里？最好别这样。

我得实际地观察全部：我也许有几块肌肉，皮肤确实也晒成了棕色，也许不算太蠢，按照海克·伯尔曼的眼光还算个漂亮的男孩，但是现在才十六岁半。莱娜至少二十岁了。四年可是很长一段时间，我们之间横着一条巨大的鸿沟，如同美国科罗拉多大峡谷。我可以从另一侧观察莱娜，向她招手，但我还是无法够着她。即使年龄差异不起作用，我在她那儿也没有一点机会。她肯定有一个男朋友，一名超级运动员，我站在他身边，犹如食欲过盛的侏儒。我敢打赌，这家伙肯定是一名极限登山者，因为她的汽车后座放着缆绳。也许莱娜正在去会他的途中。然后他们一块儿上山，挤在一顶小帐篷内，不停地做爱。我恨这个狗东西。

莱娜趴下了，我感觉热得要命，真想跳入水中，但是我等待莱娜再次转身。然后她就可以看到我从湖边石头上一个后空翻扎入水中。只要我来这里，就练习从一本黑白照片插页的旧书中看来的跳跃动作。去年夏天我产生过一个想法，建一座三米高塔，但是我非常清楚，这意味多大的工作量，就搁置起来。现在我真后悔，因为转体后空翻肯定会给莱娜留下印象。

我闭上眼，想象着与莱娜登临一座孤岛。她身穿大叶藻编织的比基尼，我则系着棕榈叶遮羞布。我们每天都在潟湖透彻的水中潜水抓鱼，供晚上烧烤，夜晚我们睡在舒适的山洞里。然后我听见卡尔打嗝，梦中的图景马上就像碳酸粉末在他的柠檬汽水中四散开来。我坐起来，端详着卡尔，他用两只脚夹住瓶子，拼命地想拧紧瓶盖。这是他独自想到的喝水办法，也算是一个小小的轰动。也许他大脑的确在自我修复。医学上经常出现这样的奇迹。不久前我还从一名男子那儿获悉，在坐了长达十年的轮椅之后，他突然能走路了。就是那么简单。因为某些神经末梢难以置信地生长到了一起。因为在轮椅上度过余生并不是他的命运。或者如同维利所说，因为上帝要那么做。

我与宗教没有太多关联，也不知道真有白胡子老人，置身于上天，决定下面某个人活着，还是死去。假如存在上帝，假如他有正义的意念，他就应该从容不迫地让卡尔的大脑能够再度运行，最后我也能过上自己的生活。

卡尔坐在太阳伞下的一把折叠椅上。他向前屈身，唉声叹气，嘀咕着，但是瓶盖还是没法盖紧。我越长久地观察他，越怀疑他大脑会产生奇迹。在装满纸片的铁皮盒从他的膝盖滑落之前，我起身走到他跟前。

“给我，让我来。”我说罢，从他那儿接过瓶子与瓶盖，拧好瓶盖。

“谢谢。”卡尔说。他穿着凉鞋、短裤和一件短袖衬衫。他一定要戴他在“宾果游戏”赢来的墨镜，尽管那样子如同逃跑的精神病人。我随他喜欢。

“你想泡泡你的大脚吗?”我问他。

卡尔看我那样子，仿佛我建议他飞往月球。他不是迷恋水的人，但是也不害怕。也许他完全没有弄明白我的意思。在半年前他就应该知道我指什么。

“把脚浸在湖水里。”我说道。

“噢。”卡尔说，“不，不，谢谢。”然后他用双手紧紧抱住饼干盒，微笑着。

这个我熟悉。我拿起我们几次郊游随身携带的塑料盆，走到岸边，盛满水。由于水温不低，我就从小冰箱里取出几块冰丢到里面。帮卡尔脱掉凉鞋，把他的脚放入盆里。

“这样可以吗?”

卡尔点点头:“可以,谢谢!”

我把柠檬汽水瓶放入小冰箱,取出两瓶啤酒,走向莱娜,她一直趴在那儿。她把游泳衣带子从肩膀上捋下来,让皮肤均匀地晒成褐色。她脖颈上的头发还是湿漉漉的。在她脖子旁,背脊开始处有颗痣,比一颗M&M巧克力豆小一点。

“你想喝什么?”我问道。

莱娜转过脑袋,摘下墨镜,注视我,然后瞥见两只酒瓶:“啤酒吗?”

“冰的。”我说。

“你们不喝点别的?”

我坐在她身旁的地上,石头温热。“卡尔喝柠檬汽水。你也可以喝。”

莱娜仰望天空。也许她是开路者,完全知道太阳的轨迹,知道眼下几点钟了。或者她从她那位出色的男友——自由登山者那儿学的。或者还学了如何建造爱斯基摩人的圆顶冰屋,两人恰好钻入一只睡袋。我真想教她如何钻木取火,看懂野兽的踪迹,还有星座的名称。

“几点了?”莱娜问。

也许搞错了。她男友好像是一个饭桶。自称为极限登山者,却不知道野外生存最简单的技巧。我抬眼望望天空,核对一下太阳的位置。

“三点半。”然后补充道，“正负十分钟左右。”

莱娜皱皱眉，低下头，透过她墨镜镜片的边缘注视我：“你在作弄我。”

“没有。我小时候爸爸教的。”

“你爸爸是干什么的？”

“他曾是野外生物学家。”

“曾是？现在呢？”

“他死了。八年前。”

“哦。”

我们沉默了片刻。我从来不提我爸。过去妈妈老是企图与我讨论他的死亡、我的感受和全部琐事。但是这已没有意义，就是今天也没作用。他死了，一通废话并不能让他复活。

“我想喝柠檬汽水。”莱娜说，她也许不知道，更换话题让我多高兴。她坐直了，把游泳衣的带子拉回肩膀。一颗汗珠顺着她的脖子缓慢淌落，消失在她乳房之间窄窄的乳沟里。

在莱娜发现我在呆视她之前，我起身从小冰箱取出第二瓶柠檬汽水，一个纸杯。然后找到一处有棱角的平整石块，打开啤酒，喝了一口。

“你几岁啦？”莱娜问，她把杯子斟满之后，一饮而尽。她摘下墨镜，为了更清楚地看我。

“十七岁。”我说。

“马斯洛说，你刚过十六岁。”

“再过五个月，我就年满十七岁啦。”我说道，心里真想踢马斯洛屁股一脚。我很想知道他还向莱娜泄露了我其他什么秘密。

“喝啤酒早了点吧？”

“你是指我的年龄还是时间？”

“两者。我一直等到年满十八岁。”

“你不是在这里附近什么地方长大的吧？”

“不。在城里长大。我妈妈像个监狱看守那样照看我。”莱娜轻轻一笑，用指甲尖抠下一块瓶子上的标签。她指甲没有留长，而且没涂指甲油，没戴戒指。

“我也感觉如同坐牢，只不过我妈妈不在乎我干什么。”我喝掉了半瓶酒。如果莱娜因此产生麻烦，算她自己倒霉。

“她在哪里？”

“在途中。她是歌手。”

“真的？唱歌剧？”

“爵士乐。”

“酷。我可以听她的歌吗？”

我耸耸肩：“最好别听。有两张CD唱碟，可惜没卖出去。”

“叫什么名字？”

“她只随乐队登台。”

“那么就告诉我乐队名字。”

“黑贝蒂和祖母绿爵士乐队。”

莱娜的目光从我身上移开，一扬眉毛，噘起嘴唇。然后她慢慢摇摇头：“我什么都想不起来。”

“我也感觉吃惊。”

“我喜欢爵士乐。”

我没有说什么。莱娜未必想知道，我厌恶爵士乐。也许她男朋友是一个爵士迷。也许他还会弹奏乐器，吹萨克斯管或者小号，某种狂妄自大的乐器。我发现我全程都在垒石头，我停下来，喝掉剩下的啤酒。

“那你呢？”过了一会儿，我问道。

“什么？”

“你几岁了？”

“这问题一般不会有人问女孩子。”

“对不起。”

莱娜一笑：“开个玩笑。我十九岁啦。”

“没有胡扯？我是指，真的吗？”

“为什么，难道我看上去像四十岁？”

“不，不，我不是这意思。”

“你放松。你没开过这种玩笑？”

我耸耸肩：“这里不是一切都有趣。”

“我觉得没那么差啊。村庄、花圃、矿坑湖。当然还有可爱的人们。”莱娜冲我微笑，倒满杯子，拧好瓶盖。然后瓶子翻倒了，我去抓瓶子，碰到莱娜的手腕。我紧紧抓住两三秒之久。

一种永恒。

不知道什么时候我松了手。然后我无法确知我干了何事。我身子前倾，想要吻莱娜，但是她往后一退，说了一句类似“起立”的话。我这个超级白痴还闭上了眼睛。当我再次睁开时，看到莱娜的面孔处在惊讶之中，还有更糟的内容，开心。

时间停滞了。我表现糟糕，一切都特别悲哀。我忽然感觉到脑袋上的热浪和之前完全忘记的头痛。

莱娜冷冷一笑，然后站起来。“到水里去。凉快凉快对你有好处。”她把墨镜放在浴巾上，走向湖畔。

我感觉一阵火烧。汗水顺着额头流淌，直到眼睛里。我巴不得钻入地底下。我头痛欲裂，如同莱娜一而再，再而三地用门撞击。

“哎，动一动，过来呀！”莱娜喊道。她声音听上去非常遥远，好像从大峡谷另一侧传来。

我起身，走向卡尔。拿走他的画报和饼干盒，盖好盒子，把脚盆的水倒掉。我穿上鞋，替卡尔穿好凉鞋。折叠好太阳伞，夹在胳膊下面。我把放着我外套的口袋搭在肩膀上，一只手拿起小冰箱，另一只手牵住卡尔，硬把他拖到路上。

卡尔问我们去哪儿，我没有回答。

莱娜喊了几句话，我也没有弄懂。

我脑袋里突突作响。炫目的阳光几乎无法忍受。我摘下卡尔蠢驴般的墨镜，折叠好。道路陡峭，脚下石头打滑。卡尔总是磕绊，我不得不像对付一头老驴子那样把身后的他拽住。

嘟嘟车停在百米范围内唯一一棵树旁。我把小冰箱、墨镜、口袋、塑料盆和卡尔整齐地塞入车厢，启动马达。我出发之时，看到后视镜里的莱娜。她一条腿蹦着，因为只穿了一只鞋子，另一只攥在手里。她站住了，两只胳膊在空中来回挥舞。

我一踩油门。

身后马上就扬起一阵尘土。

17

回到家里我先让卡尔淋浴。然后叫他坐到他房间的凳子上，任他在墙壁上糊纸。他完全糊涂了，没说一句话，但是我却对此无所谓。我在厨房里喝了一瓶啤酒，然后到露台上又喝了一瓶。汗水流入我眼睛，我闭上眼睛，马上又睁开，因为与莱娜共处的情景又在眼前浮现。我一脚踹向栏杆，栏杆非常脆，其中一根柱子折断了。我再踹上一脚，柱子断裂，栏杆倒下，躺倒在草地上。我随后掷出空瓶子，尽管所有的怒气都发泄在奋力的一掷上，但瓶子并没有碎裂。狗屎般的天空始终碧蓝如洗，可恶的蜜蜂仍在嗡嗡飞舞，好像什么都没有发生，好像我今天没有成为绝对的大蠢驴，最大的大笨蛋，最悲哀的无用之人。我向该死的空旷咆哮，扫掉桌上的记忆卡，走入厨房。第三瓶啤酒口感不佳，我仍然喝个精光。我在屋子里无法忍受，便跑向停放嘟嘟车的工具棚。我把车子朝前方推了一段距离，免得卡尔听见我在启动马达，然后就出发了。

天气依旧那么炎热。马路上悬浮着一层颤动的空气。我感觉好像在一条光线组成的无尽隧道中奔跑，脑袋像快要爆炸的气球。尽管我喝了这么多啤酒，嘴里还是异常干涩，风虽然迎面吹来，但我每寸皮肤都在燃烧。

忽然，我感觉特别恶心，只得停下车，躺倒。我眼前天旋地转，电线杆弯曲，电线犹如波浪般上下跳动。我合上眼，休息了一阵儿，五分钟之后又恢复了体力，再次继续前行。只有五分钟。

我躺在一条小船上，被大海摇晃。周围安静极了，再也听不到水波声。没有风，没有苍蝇嗡嗡。没有海鸥盘旋。不知何时我听到了耳边的细语。这些鱼没有沉默。词语如同气泡般升腾，在我脑袋里破碎。

“大笨蛋。”

“脑侏儒。”

“糊涂虫。”

莱娜的脸出现在我眼上，我噘起嘴，想亲吻她。但这不是莱娜的脸，而是维利的。然后又是奥托的。接下来是库尔特的。我想朝他们呐喊，让他们滚开，但是我嘴里一个音节都发不出来。我试图站起来，才发现我无法活动。连一根小指头都动弹不得。

有什么东西顶住了我的脚。我睁开眼睛。一切都太过明亮。我再次闭上眼睛。

“嗨，醒醒。”

我的脚再次被撞了一下。

我眼睛睁开一条缝。感觉光线像一把钢锯锯开了我脑袋。

“都好吗?”

我熟悉这声音。

“卡尔在哪儿?”

我得想一想。

“在家里。”我能略微想起来时才说。

有人抓住我腋窝，稍后我躺倒在一间昏暗房间的硬地板上。我听到了发动机声音，然后整个房间都摇晃起来。我再次打起了盹。

我醒来时，担心地睁开眼睛。即便如此，我还是做好疼痛的准备。但是我没有感到异样。脑袋有些轻微感觉，但舌头却粘在嘴里。我的心脏非常缓慢地跳动，我想随时可能停摆。

砰。

十秒之久没有声音。

砰。

明亮的天花板上垂下一只白色球体，我觉得熟悉。我转过头，看到闪动的绿色之海，我仿佛飘浮在一座森林之上。一座丛林。我把脑袋转向另一侧。卡尔坐在他的小板凳上。从罐子里取出蓝色纸片，用刷子沾上胶水刷在一面，然后把纸片贴到墙壁上，用手掌抚平。

砰。

尽管仍有点昏昏沉沉，恶心难过，我还是坐直了。我头发湿漉漉的，赤着脚丫。我苦苦思索如何睡在卡尔的床上，然而却想不起来。地上摆着我的鞋，短袜放在旁边。在一个盛满水的盘子里漂浮着几块化了一半的冰和一摊水。我走向卡尔，小心翼翼地把手搁在他肩膀上。他朝我转过身，动作迟缓，好像慢镜头。我笑着看看他。

“本。”他说，向我报以微笑。他的睡裤、白色T恤衫和家用外套上几乎没有胶水的斑点，我给他穿上，也许没过太久。两小时，也许三小时。

刚刚到底发生了什么事情？我急切地思考，但完全停止运转，影片断裂，黑洞。

“喂，从死人堆中复活了吗？”

我吓了一跳，转过身。莱娜走向五斗橱，把一个放有两只杯子的托盘搁在上面。然后她走到我跟前，递给我一只杯子。

我呆呆地站在那儿，目光聚焦到我光着的双脚上。

“喝掉它。”莱娜说。

我用双手从她手上接过杯子，但是没敢看她眼睛。莱娜没有走，我只得喝了一小口。这液体呈黑色，热乎乎的，味道不佳。

“咖啡加柠檬汁，家庭常用药。”

“治疗什么？”我的声音很轻，连自己都听不见，仿佛吞下砂纸。

“太阳暴晒，又喝下太多的啤酒。”莱娜说，“也许能治疗不成熟。”

我坐在床上。不成熟。这个词如同一个代码，让我能够提取我大脑坠毁的硬盘。我的记忆极其缓慢地恢复。一张张图拼接起来，一个个场景，一部感光过度的模糊影片。

嗨，你真不害臊。

莱娜走向卡尔，他一如既往地沉浸在工作中。“您需要喝热巧克力吗？席林！”她把杯子搁在桌子上，在满是画笔的透明玻璃杯、杂志、脏碟子和揉成团的纸球之间几乎没有位置。

卡尔有点迷糊地看看莱娜，但随后便喜形于色，放下胶水瓶和刷子。即便杯子满到边缘，他还是小心地拿在手中，往里面吹气。

“我往里面倒了些冰牛奶，让热巧克力不那么烫。”莱娜说。

“谢谢。”卡尔说。喝了一口，然后他更高兴了。卡尔喜欢喝热巧克力，也就是在夏天，我知道。我很少冲这种饮料。

莱娜坐在我身边，从裤子口袋里取出一片药，放在我膝盖上。

“阿司匹林。”莱娜说，“我已经给你喂了一片。”

“我睡了多久？”我喝了一口令人作呕的混合饮料，因为我喉咙发痒。

莱娜看看表：“大约两个钟头。”

我用杯里剩下的水服下药片。

“你的脑袋感觉怎样？”

“好多了。”我说，“的确好多了。”

“我觉得你有些轻微中暑。”

我耸耸肩，盯住我的脚丫。

“酷暑下你得多喝水代替啤酒。”

我点点头。

我们注视着卡尔，他大声地喝巧克力，然后再次在墙壁旁忙碌。他不得不伸长胳膊，才能够到他头顶上的空位。很快我就得去谷仓取高脚凳。

“对不起。”过了一会儿，我说道。

“还过得去，我差一点生你的气。”

我再喝了口又苦又酸的混合饮料，不由得想起我从未尝过友友的神奇生发水。马斯洛把他从班房接回来没有？他和安娜情况怎样？谁能站在商店柜台后面，帮维利、霍斯特、库尔特和其他人剃头？

“让我看看你房间，可以吗？”

我停止了思索，注视着莱娜，“嗯？”

“你房间，可以去看看吗？”

“为什么？”

莱娜笑了：“因为我想知道你的生活，所以才这样。”

我差一点说漏嘴，但还是站起来，来到莱娜面前，走向我房间。途中我把喝了一半的杯子搁在过道的抽屉柜上。

我的房间内热浪翻腾，因为我忘记拉窗帘。地板上搁着一张弹簧床垫，床还没有制作好。写字台上摆满了书、铅笔、纸条和其他的杂物。空气凝滞，我打开窗户。

“哇。”莱娜站在被书架全部遮盖的墙壁前，“这些书你全看过吗？”

“当然。”我说。

“这本？”她抽出一本书，让我看，《非洲的河流》。

“读过。”

莱娜把书放回原处，读了几个书名，然后手里又拿起一本，“这也是？”

我仔细看这本书，《布拉柴维尔的海滩》，一本威廉·博伊德的小说。

莱娜把书推回空当，从桌子上拿起一本《杜登德语正字法》，“但是这本你不会也看过吧？”

“没有全部，但我上学要用。”

莱娜顺着整个书架走动，不时地抽出一本书，简单地翻阅几页，把它放回原处，再抽出另一本。

我观察她，盘算着她为什么要到马斯洛的房间里搜寻。我尽管睡了两小时，她也没有走入过我的房间。也许她表现得好像第一次来这儿。

“园丁的书可真多啊。”

“我是汽车机修工。”

“那么就更惊奇了。你的书比我叔叔还多。他是教师。”

“总得想办法在这儿消磨时光吧！”

“我懒得读书。挺不好的，对吧？”

我耸耸肩。

“我喜欢看电影。”

“最近的电影院开车去需要两个小时。”

“我有不少DVD影碟。你呢？”

我摇摇头。

“大多数时间我都在户外，登山。”莱娜坐到写字台前的椅子上，翻阅《杜登词典》。

“你到这里干什么呢？这里远近都没有山。”

“我只是路过。”

“去哪儿？”

“蒂罗尔。”

“你从哪里来？”

“你说现在吗？”莱娜略微考虑了一下，“吕根岛。我参观了石灰岩。”

“那么你非常漂亮地偏离了航线。”

莱娜放下《杜登词典》，拿起放在卷笔刀和回形针杯垫之间的大众巴士模型。

“我喜欢绕路。”过了会儿她说道，然后把汽车模型放回原处。

我差一点就想问她是否喜欢闯入陌生人的公寓，例如闯入马斯洛的房间里。但是我没有这样做，倘若这么问，她肯定会对我生气，否认一切，然后走掉。我不想让她走。

“友友收集了很多DVD光碟。”我此时想不起更好的话题，便提到这点。

“这个可怜人，一直得蹲班房吗？”

“不会太久。马斯洛今天下午就会去接他，把他带回来。晚上有一个追悼会。纪念高尔基。九点钟在加油站。”

“什么会？”

“追悼会。我们要悼念高尔基。马斯洛的主意。”

“嗯。”莱娜往椅子背上一靠，伸出腿。

“瞧，所有的人。”

“卡尔也去吗？”

“卡尔。没有一次聚会卡尔会缺席。”

莱娜微微一笑。她站到非洲地图前，观看了一会儿。

“这些小红旗代表什么？”她随后问。

“我爸爸工作过的地方。”

“那面黑旗呢？”

“是他飞机坠毁的地方。”

“我让你讨厌了。抱歉提这样的问题。”莱娜在五斗橱上的地球仪旁转身。

“没关系。”我说道。

“马斯洛说，你想去非洲。驾驶大众巴士。”

“是的，总有一天。也许吧。”

“别梦想你的生活，让你的梦想存活。听过这句话吗？”

“是的。”

“我觉得，是很好的生活座右铭。”莱娜拿起书架最下面的《白鲸》，“这本书你也看过，从头至尾？”

“当然。”

莱娜打开书，好像埋头于书中。

我想坐到床上，但是随后又想到，也许会发生奇特作用，便待在我现在的位置。

“那么多词汇。”莱娜不知何时嘀咕道。

我笑了：“数量很多。”

莱娜合上书，起身，走到在我跟前。“你喜欢词汇，对吧？”她问。

我点点头，脑袋又感觉非常热。

“我的德语愈来愈糟糕了。”莱娜说，“发一条短信，错误肯定都不下十个。我不知道，逗号应该放在哪里。”

“德语实际上很简单。”我说，“一定要对它感兴趣，刨根究底。语言是令人发狂的东西。”嘿，害不害臊，我听上去有点像我们讨厌的德语老师洛夫曼。

然后是一阵宁静，我听见卡尔在墙壁上贴纸片的声音。

“例如，你T恤衫上的文字就是错的。”我说。我不想再说话，但是安静令我不爽。此外莱娜应该不会想到，我盯着她的胸部。

“什么？”

“说法错误。”我说，“上面写道：‘我曾经在温格罗登，现在返回。’逻辑上不通。”

“啊？”

“是的。你想想看，你返回……你住哪儿?”

莱娜考虑了一会儿。“最近我在柏林。”她说道。

“好的，你就返回柏林，T恤衫上说：‘我曾经在温格罗登，现在返回。’意思是我过去在温格罗登，现在返回柏林。你明白吗?”

莱娜面无表情地注视我。

“正确的应该是：‘我曾经在温格罗登，现在回去。’因为你在柏林。”

“不明白。”

“更好的应该是：‘我曾经去过温格罗登，有一天还会再回去，因为那儿棒极了。’尽管是胡说八道。这破地方当然一点都不好。”

“嗯。”莱娜皱皱额头。

“我告诉过马斯洛，但是他不理解。”

“我也不明白。”

“也有可能说：‘我爱温格罗登，要回去。’这也许正确。尽管也是彻底的胡扯，因为除了马斯洛没人喜欢这个穷乡僻壤。如果你把温格罗登（Wingroden）的字母拆开，再重新组合，你知道，会发生什么吗?”

莱娜摇摇头。

“无处为家（Nirgendwo）——难道不压抑吗?”

“我怎么觉得有点浪漫呢。”

我笑了，对这个破玩笑怎么笑得起来。“浪漫到底是什么呢?”

莱娜朝我前面走了一步，拽过我的脑袋，亲了我的嘴。她的舌头触及我的嘴唇。时间不长，只有几秒。胜过千年。太短了。我还是吃惊得说不出话来，我的心脏跳到了嗓子眼。

“今天晚上见。”莱娜用手指抚过我脸颊，转身走开了。

18

我与卡尔八点半就顺着外墙的铁楼梯登上车间屋顶。维利、奥托和库尔特早就来了，摆好一条长桌和多只板凳，还有一个烤肉架，烟气环绕飘向天空。天仍然明亮，还有点热，但是屋顶上清风阵阵。我们站的地方，铺着木板，下面是铁皮板。一圈木栅栏围住大约三十平方米的面积。屋顶剩余的部分铺着油毛毡和砾石。栅栏齐腰高，足以阻挡有人走到建筑物边缘跌落下去。但是人们不能靠在栅栏上，因为木头像卡尔露台上的围栏那样已经烂掉了。

屋顶是一处可以眺望景色的地方，尽管此处没什么可看，我还是喜欢爬到上面。去年夏天马斯洛和我常常在屋顶上度过大半夜，喝啤酒，往田野里击打高尔夫球，卡尔则坐在折叠椅上，加多他碎纸片的存货。卡尔今天也要撕纸片，只不过区别在于他今天穿上了质地不错的西装，而且刮了胡子。我同样穿了一件漂亮的衣服，不过我如果知道库尔特和奥托穿着工作服，完全可以省些力气。

“你们到底知不知道，今天是为了什么?”我问三个人。

“高尔基的告别晚会。”奥托答道，他正忙着把灯笼挂到一条绳子上，绳子系在收起的太阳伞和早就不用的空水箱之间。他从一个兜售军服、勋章、硬币和类似民主德国时期杂物的商人处订购了灯笼。灯笼呈黄色，上面印有锤子与镰刀。奥托每次节日都用这些东西装饰，包括圣诞节。今天晚上也许是第一次，装饰的动机关联到了特定的意义。

“正是，朋友们!”库尔特喊道，“我们要为发疯的俄国佬的幸福干杯!”他清空了纸杯，铲了更多的木炭到烤肉架上。睡着的吕尔曼躺在旁边。

维利总穿一条长裤、一件黑衬衫，他打量了我一番后，摇了摇头:“我知道，你在想什么，本。这两人不可能啊。但重要的是我俩知道今天晚上要办的事情。”他朝我笑笑，继续在桌子上分放蜡烛、干花和石膏天使模型。桌子上还摆着一摞塑料盘、纸杯、餐巾纸，两只盛有面条和土豆沙拉的盘子，切片面包篮和几瓶红酒。

“马斯洛听没听到什么新消息?”我问了一圈。

三人低声地嘀咕着，我推断马斯洛没有与他们任何一人联系过。我紧贴卡尔坐在一把轻便的折叠椅上，从冰水里取了一瓶啤酒。然后我又想到了什么，给自己倒了一杯卡尔也喝的苹果汁。

“你们知道我在想什么吗?”奥托挂好最后一只灯笼，拎起一瓶啤酒后问道。

“不知道。”库尔特说，“但是你马上就会出卖我。”

“我只是想……也许火星人干掉了高尔基。”

唉，真丢脸，我现在又得面对这堆蠢话!

“他们为什么要这样干呢?”库尔特问道。他坐在一条长椅上，开始把餐巾纸从中间展开。“这些人根本没有什么动机啊?”库尔特问道。

“对的，他们能有什么动机。”维利说道。

“总该有个动机吧。”奥托说，“如果没有，也该有一个。常常大伙看不见。”

“你是指一种看不见的动机吧?”库尔特问道

“正是。”奥托说，“但是只有我们看不见。”

“也许高尔基过去是秘密代理人，与外星人有关系。”奥托说。

“或者是宇航员。”库尔特猜道。

“绝对罕见！谋杀之后宇宙飞船没有再出现过。”维利说道。

“你们如果问我，我认为他们执行了一项任务。”奥托说，“他们侦察我们，发动了攻击，再次消失了。”

“我的天哪！”维利喃喃自语。

随后三人都陷入默默的思考之中。

我身子往后一靠，闭上眼睛。这帮毫无价值的家伙让我强烈地回忆起一段卡尔过去在电视机上看过的戏剧。今晚一切又复活了。温格罗登的懒汉们练习了滑稽剧《火星人不可见的谋杀动机》。

幸亏霍斯特和阿尔方斯走上楼梯。他们带来满满一篮香肠，立刻在烤肉架上放上了一打。霍斯特提及阿尔方斯昨天剁肉时切到手指，聊天主题由杀手外星人转换到传染、炭疽和截肢。

九点时莱娜来了。她穿了一条拖地沙色长裙，系一条黑色面料的宽腰带，戴了一串棕色木珠穿成的项链。我觉得她化过妆，做过头发，外貌肯定发生了彻底变化。她还没有走到跟前，维利、奥托和库尔特马上不再表现得如胡言乱语的农夫笨汉，而是像胡言乱语的公子哥卡萨诺瓦。他们同时给她让座，递过一瓶啤酒、一杯葡萄酒和糕点。他们指给她看烤香肠、装饰和落日。三人戏弄，嬉笑，仿佛我们来这里不是为了追忆高尔基，而是要推选夏季最敏捷的鹿。甚至维利，他刚才的行为，似乎比库尔特和奥托更具道德优势，但是在莱娜面前，突然变身为献媚的花花公子。只有霍斯特和阿尔方斯保持着谨慎与克制，当然还有卡尔，让我惊奇的是他放开饼干盒与画报，全神贯注于周围的热闹，面露满意之色。我几乎妒忌他大脑中的过滤器，省却了他弄懂这群蠢驴的满口胡说。

半小时后，莱娜的光临引起的骚动渐渐平息。大家坐在那儿嚼着塑料碟子内的香肠、沙拉和面包，啜饮纸杯内的啤酒、葡萄酒和苹果汁。地平线上剩下一道光线：一条浅色的晚霞，由上至下呈现玫瑰色，然后是蓝色。灯笼宛如成串的行星闪烁，飞蛾围绕灯笼上下翻飞，不时有一股炽热之火升上天空，再逐渐熄灭。空气中弥漫着烟火和烧焦油脂的气息。现在，大家的肚子都吃撑了，只是偶尔满意地嘟囔几句打破沉寂，氛围近乎肃穆。

“马斯洛和友友到底去哪儿?”不知何时莱娜问道。

“是呀!”奥托叫道，“这两个家伙到底藏到哪里去了?”

“也许警察那边还有问题。”维利认为。

“打个电话给他们，问问看。”

莱娜的建议导致大家一脸尴尬。

“我们没有手机。”我对她说。

“马斯洛有。”库尔特说，“但是我们没有。”

“我有一个。”维利说道，“但是没电了。”

“这是蓄电池。”霍斯特说道。

“车间里有一部电话。”奥托说。

“我不知道，钥匙在哪儿。”我说。

“没必要。”莱娜从她裙子口袋里掏出手机，打开翻盖，“有人知道马斯洛的号码吗？”

尴尬的沉默再度笼罩。我们在温格罗登很少打电话。彼此之间也很少打电话，因为我们几乎每天都到“霉菌”碰面。大家在圣诞节都给亲戚们打电话，其中极少数人几经踌躇做出访问温格罗登的决定。经常给我打电话的人只有我妈，维尔尼克女士和卡尔的医生。

“等一会儿？”库尔特突然嚷道。他从蓝色工装裤的后裤袋掏出一个磨损的钱包，翻弄了一番钱包夹层，然后获胜般地举起一张字条，“在这儿！”他把字条递给维利，维利又交给奥托。他们同时举起这张字条，仿佛是一份有价值的历史文件。

莱娜键入号码，把手机贴在耳边。奥托、库尔特、维利、霍斯特和阿尔方斯都瞪大眼睛盯住她，如同儿童期待一个魔术。

“是我，喂？是我，我是莱娜！谢谢，我很好。我们所有的人都坐在车间屋顶上，现在只缺你和友友了！——什么？——在哪里？”莱娜朝我转过身，“您在施特里茨。”

大家乱七八糟地嚷嚷着，不断地用施特里茨在克雷姆贝格方向，距离此地大约二十五公里的信息纠缠莱娜。

“一刻钟？好的，太棒了——什么？本？对，他在这儿。等一会儿，马上。”莱娜把手机递给我，“他想与你说话。”

我从她手里接过手机，拿到耳朵旁：“我？”

“本，是你吗？”

“是的。”

“听着，你现在装出我们好像完全在正常通话，行吗？”

“行。”我起身，背对着其他人。

“我就在你们附近。在田间的谷仓内。友友在我身边。我们把UFO搬出来了！本？你理解我的意思吗？”

“明白。”

“说点‘明白’以外的话！否则会引起他们的怀疑！”

我转过身。所有人都停止吃喝，好像在期待马斯洛的新消息。甚至卡尔都用他那雷电交加的面孔对准我，好像他的生命要靠这个电话维系。

“太棒了！”我说道，强颜欢笑。所有人都朝我报以笑脸，包括卡尔。

“我们马上就让这玩意儿升空！我十分钟之后就到你们这儿去！注意一下，甭让这小娘们喝太多！她在看见UFO的时候，得保持清醒！”

“全明白了。你们小心点。”

“本，胡扯些什么！”马斯洛在我耳畔嘘了一声。

“我是说，开车小心点。”我合上手机，还给莱娜。

“还有呢？他们把友友从班房里放出来了吗？”库尔特问道。

“是的。”我说，“一切都很好。”

小伙子们欢呼雀跃，互相举杯祝酒。卡尔虽然什么都没理解，但还是一脸轻松，与每个欲与他干杯的人碰杯。

太阳这时已经落山，天空一片深蓝。几颗星星闪烁。我帮卡尔拿开空盘子和塑料餐具，把他脖子上的餐巾纸撤下，丢入垃圾桶。

莱娜站在我身旁。她一手端红酒杯，另一只手拿面包。“你脑袋怎么样？”

“好了。谢谢。”

“不错的地方。”

“嗯。”

“高尔基是你朋友吗？”

“不是直接的。其实我不怎么认识他。”

“你觉得，安娜谋杀了他吗？”

“胡说。那是自杀。高尔基病入膏肓。非常压抑。你也许该瞧瞧他手腕上的伤口。”

莱娜喝了口葡萄酒，眺望田野。倘若没有那么昏暗，或者她长有一双鹰眼，也许可以看见马斯洛和友友正在给UFO充氦气。但是现在是新月，从东边飘过愈来愈多的云团，夜晚如此幽暗，连谷仓都辨认不出来。

“嘿，本，过来一下！”奥托打了手势，于是，我俩朝桌旁另一伙人走去。

“拍一张照片！”库尔特嚷道，用宽大的手掌交叉地抚过脑袋瓜上的几缕头发。

莱娜和我站在阿尔方斯和卡尔坐的长椅后面，霍斯特与阿尔方斯之间。我们背后的灯笼在愈来愈强的风中摇摆。

“我们不该等等马斯洛和友友吗？”维利问道，把胳膊放在库尔特肩膀上。

“以后吧。”奥托说，把傻瓜相机放在脸前。

“这只是一次测试。”他往回退了一步，蹲下，“现在所有的人都喊着‘挤挤挤奶机’！”

“挤挤挤奶机！”

与此同时，奥托按下了快门，然后他直起身子。“没有闪光！闪光没有？没闪光？”

“没闪光！”库尔特说。

“因为没闪光。”维利说道。他盯住我和莱娜，“你们看到闪光了吗？”

我摇摇头。闪光不灵，可能会看到绑着眼睛绷带的鼹鼠。

“没有。”莱娜说。

“再试一次。”奥托说，蹲下，“喊到三，一、二、三。”

“挤挤挤奶机！”

又没有闪光。

“破玩意儿！真惨！”奥托嚷嚷道，摇晃着照相机，用手敲打外壳。

“所以叫一次性相机。”库尔特说罢，从水槽中取出一瓶啤酒。

霍斯特坐在他爸爸旁边。维利装腔作势地叹了口气，我把卡尔带到他的折叠椅上。

莱娜走到奥托跟前，这家伙像个精神病人般地按快门。“我可以看看吗？”她从奥托手里拿过照相机，仔细地查看，“哇，这是一件博物馆的藏品。”

“这是我结婚时得到的。是95’型。”

莱娜微笑了：“因此时代的牙齿啃过了。”

奥托点点头，再次拿回相机。他在手指间转动这个黑色塑料小玩意儿，大声地呼气。“希尔特路德生活在索林根。她在那儿又有了一家新店铺。一家室内装饰店。”

路上飘来一阵拉长的鸣笛声，稍后是轮胎发出的刺耳的刹车声，一扇车门猛地撞开。

“这是马斯洛与友友。”库尔特喊起来。

莱娜不知道遇到了什么喜事。奥托开始讲述他的婚姻之际，大伙只能忍受他的命运，或者装死。我遇到过麻烦，这些故事简直烦死我了。此后我知道了他的婚姻、前妻和离婚律师，所有令人作呕的阴谋诡计。是哪家室内装饰店我也知道，尽管我不想知道。

马斯洛爬上屋顶，浑身汗湿，他喘着粗气，却情绪极佳。“喂，大家好!”他说道，把一只木箱子放到桌子上，用手帕擦干净额头。然后，他摸了摸奥托和维利的肩膀，做假动作拳击霍斯特的肚子，把库尔特递给他的啤酒一饮而尽，最后他才在莱娜的跟前表现得宛若一名成熟男人。他摘下帽子，握住莱娜的手：“莱娜，今天晚上您能够大驾光临我们的聚会，太美妙啦!”

莱娜显得有点意外和尴尬，握了握手，说道：“愿意。”

马斯洛鞠了一躬，然后把帽子抛向空中，吼道：“为什么这儿没有音乐啊?”

“友友在哪里?”维利问道。

马斯洛长长叹了一口气。我打赌，他在汽车里练习过他马上要公布的内容。“对不起，我不得不告诉你们，友友应该表示道歉。”他嘀咕得那么轻，弄得霍斯特不得不为他爸爸重复一遍。

这条消息引起失望的叹息和一连串问题。我同时也显得好像非常伤心。只有卡尔坐在他的椅子上，一直在冷笑，因为马斯洛一分钟前掐过他的脸蛋。

“整件事让他身心非常疲惫。”马斯洛解释道，“他非常激动，简直没有心情与我们共度今宵。我希望你们能理解。”

大家嘟囔着表示赞同。

“他究竟在哪里?”霍斯特想知道。

马斯洛当然估计到这个提问：“在施特里茨一家酒店里。”

“施特里茨还有酒店吗?”库尔特惊奇地问。

“哦，确切说是一家客栈。但是友友在那儿可以得到安静和休养。”马斯洛看看手表，“那么我们现在把晚上剩余的时间献给我们亲爱的老朋友高尔基·布拉托夫。愿上帝赐他进入天堂。”

“阿门。”维利嘀咕道，画着十字。

阿门是起跑的信号枪声。突然生活来了伴侣。霍斯特帮助阿尔方斯打开手风琴，把一只枕头推到他屁股下面。奥托把灯笼里燃尽的蜡烛换成新的，库尔特把另外一大排香肠放在烤肉架上。一阵风卷起纸巾，吹走了一些，纸巾像白蝙蝠在空中舞动，然后消失在昏暗之中。

阿尔方斯拉开手风琴，让风箱吸入空气，乐器自身发出一阵悦耳的长音，多种声音的叹息，同时听起来压抑且令人愉快，像一只鸟儿在笼子里啁啾。然后阿尔方斯闭上眼睛，开始演奏。第一首曲子来自俄罗斯，阿尔方斯十六岁时曾在那里当过战俘。这是一首非常悲伤的歌曲，要是皮约特在此，马上就会号啕大哭。

马斯洛打开箱子，里面放着一只酒瓶和一打镶了金边的小玻璃杯。“这是我能搞到的最纯正的伏特加。”他说道，把瓶子放在桌子上，“恰好足够替高尔基干杯。”他把瓶盖拧开，倒满了八只杯子。

为了不让卡尔感觉被排除在外，我替他在白酒杯内斟上苹果汁。曲子结束后，所有人都举起酒杯，我们注目马斯洛。这是很久以来村子里第一桩丧事，我们之中的每个人，甚至莱娜都认为，马斯洛现在的致辞才合乎逻辑。狂风嗖嗖地刮到垃圾桶上，灯笼来回摇晃。我感觉我们仿佛站在一艘船的甲板上，等待船长演讲。

马斯洛直接瞥了一眼他的手表，清了清嗓子，深深吸了一口气。“亲爱的朋友们，”他随后说，“我们今天晚上聚在这里的原因是悲伤的。但是我们要化悲痛为力量。我们纪念高尔基。”他停顿了一下，看了大家一眼，“村里每个人都以他的方式亲眼见过高尔基。”他继续说，“他十年前来到我们这里，认识他的人能回忆起当初他是一名干瘦的小伙，友善和乐于助人，但也非常害羞与沉默。每个人都知道，高尔基参加过车臣战争。但是我相信，没人能知道他亲身经历的可怕事件。安娜富有献身精神，照料过高尔基，但是她的爱与关怀也无法阻止他常常受过去魔鬼的搅扰。安娜的奉献很难阻止高尔基酗酒。他因此自残，好像他想忏悔，为他战争中的行为接受惩罚。一场战争，他的国家把他……”

“哦，天哪！”奥托突然嚷起来，伸开胳膊，“那边！”

我们全都朝奥托指的方向望去。

那里有一件东西在飘浮。

UFO的彩色光芒闪烁，同时缓慢地飘向高空。我不赞同马斯洛的计划，但是现在这玩意儿如同昏暗大海中的一艘闪光的航船游过天际，我除了觉得漂亮之外，别无他念。

这番景象也让其他人噤声。好像阴魂附体，奥托和库尔特把他们手中的伏特加一饮而尽。甚至吕尔曼，肚子里塞满了香肠，灌满了啤酒，也着迷地轻声地号叫，遥望远方。卡尔从他的凳子上起身，张开嘴惊奇地注视着他看到的东西。

“它飞向哪里？”库尔特不知何时问道。

“我认为离我们远去。”霍斯特说道。

“可惜了。”维利说，举起手，好像在挥手致意。

我喝了一口伏特加，然后尽量未被察觉地从裤子口袋里掏出一只小型望远镜，我十岁时爸爸送给我的礼物，想更仔细地观察。我尚未把清晰度调好，就已辨认出微小的人影，挂在愈来愈升高的UFO下方二三十米处。这肯定是友友，显然他处在巨大的困难之中。本来他应该在地面上用绳子牵引住这个物体，但是现在却像特技电影演员那样腿脚来回舞动，被一只气球举到天空之中。倘若他离开不太远，我们都可以听到他撕心裂肺地大喊大叫。

“它离开了我们。”维利嘀咕着，喝掉伏特加。

“我们等等看。”奥托说。

“我要是提起这些，没有人会相信我。”莱娜嘀咕道。

“那么您就拍张照片吧！”马斯洛说道，他五秒钟之前还完全入迷地瞪着他自己创造的奇迹，现在才想起这道奇观必须上报纸头条。

“我手边没有照相机。”莱娜说，视线并没有离开UFO。这件物体愈来愈快地离开我们，愈升愈高。

“什么？”马斯洛大叫，“为什么不带呢？”

莱娜朝马斯洛转过身，“我没有料到今天晚上能看到UFO！”

“我们这几天没有聊其他事啊！”马斯洛的声音近乎刺耳，他不慎泼出了杯子里的伏特加，显然忘记手中还攥着杯子，“没有装备您如何能乱跑呢？”

莱娜目瞪口呆地看着马斯洛。她或许想到马斯洛是否丧失了理智。他从何处知道她的装备。莱娜随后喝掉杯中之酒，把杯子扔在地上，飞快地跑下楼梯。

“您到哪儿去？”马斯洛在背后喊。

“去要去的地方!”莱娜回答道。跳下最后一级台阶，穿过空地跑向“霉菌”。

“她为什么不带上可恶的照相机呢?”马斯洛大声地咆哮，弄得大家，包括卡尔都不知所措地注视他，吕尔曼也跟着狂吠，“她是记者，该死的!”

“她告诉我，她是理疗师。”维利说。

“学成的护士。”库尔特补充道。

“这只是伪装！你们这群笨蛋！她是为了UFO才来到这里!”马斯洛朝他的闪烁光芒的创造物挥舞胳膊，这玩意儿变得愈来愈小了。

我再次透过望远镜偷偷瞄了一眼。几乎看不见友友。高处的风势肯定非常强劲，如果UFO达到一定高度，马上就会消失在云端，友友与它一道。

“马斯洛！你瞧瞧看!”我把望远镜递给了马斯洛，他一把从我手上拽过来。

“哈，你这狗屎!”马斯洛的声音忽然微弱起来，“你他妈的臭狗屎……”

“是什么东西?”奥托紧贴着篱笆，似乎可以看得更清楚。“他们能回来吗?”他把他的镜片在他的工作服上擦干净，再次戴上，“我可以用一下望远镜吗?”

“不，你不可以!”马斯洛怒喝道。

“手柄卡住了，或者呢?”我低声告诉马斯洛。

马斯洛发了一会儿愣。然后急速转身，冲下楼梯。砰砰地踩在金属台阶上，全速跑向他的车门。

我走到屋顶边缘，俯身越过栏杆，为了看清楚空地。

“你准备干什么?”我在马斯洛身后大喊。但是他已经随同全速转动的车轮开了出去。

“他难道发疯了吗?”霍斯特忧虑地问道，注视着汽车尾灯，直到不见踪影。

“发疯了?”我反问，“他难道没有发过疯吗?”

奥托、库尔特、维利、阿尔方斯和卡尔也一直站在那儿，把脑袋伸向天空，尽管UFO早已消失在云团之后。幸亏有篱笆，不然这五个人就会像梦游者那样向前行进，从上面跌落下去。

我用手抓住卡尔，带他走到椅子上。他坐在那儿，眼睛仍然由于惊愕而瞪得圆圆的。

“烟火。”他说道。

“什么，漂亮吗?”尽管夜晚的风温暖、干燥，我还是把羊毛毯铺开在他腿上。卡尔糊涂到忘记了感谢。

“霍斯特！维利！你们一定得照料好卡尔!”

“你到哪儿去?”霍斯特问道。

“追赶马斯洛!”

“为什么呢?”维利问道。

“照顾卡尔，还是不肯帮忙?”

“当然帮忙啦。”霍斯特说道。

“明白。”维利说。

我走下楼梯，用钥匙打开车间大门，打开电灯。氖灯照明时，我喜欢它们的闪烁，但是现在只会让我想起他妈的UFO的间歇闪光信号。我把发动机罩壳高高翻起，用钳子把它固定，开始消除莱娜实施的诡计。然后我在手套抽屉里寻找，在遮阳板后面，在门架上寻找备用扳手，但是什么都没有找到。正当我爬入伸腿的空间，想翻出必要的导线，让汽车短路时，莱娜走入车间。她换了衣服，穿了一条灰色的训练裤，一件红色带风帽的衬衫。她肩膀上挂着一只黑色口袋，里面也许是照相机。

“你在这儿干什么?”她问道。

“钥匙在哪儿?”

“在房间里，为什么? 你想干什么?”

“我想追赶马斯洛。”

“为什么?”

“我就是想去。”

“你为什么不用那辆车?”莱娜指指停在前面空地上的拖车。

“因为这辆车开起来不会超过四十公里，十分钟后冷却水就会烧起来！现在去拿一下钥匙吧！”

“UFO早就飞走了。此外路易丝生了重病，不是吗？”

“我把它修好了。”

“你是说做手术了？什么时候？”

“刚才。”

莱娜走到跟前：“捐赠的器官到了吗？”

我点点头。

“已经移植好了吗？”

“对！”

莱娜站在我身边，在发动机舱室里张望：“在哪里？”

我指向发电机：“那儿。”

“这不是新的。”

我竭力控制自己，但还是勃然大怒。“对的，不是！”我对莱娜大吼一声，“我不必安装什么配件！我只需要固定几条导线，把火花塞弯曲。但是这点你自己当然最清楚了！现在把可恶的钥匙拿过来！”

莱娜目瞪口呆地盯着我。“这点是什么意思？”她在重新找到回话之后，问道，“什么东西我自己最清楚了？”

“哎哟，来吧！”我收起固定杆，让冷却器罩壳啪嗒地落下，“你借汽车故障在我们面前表演。我们就表现得好像我们相信了！”

“你在说什么呢？”

我不得不深呼吸几次，免得自己爆炸。“你到底把我们看得多么蠢？”我尽量平静地问道，“你真以为马斯洛和我不知道你来这儿的目的？”

莱娜突然脸色煞白。她嘴巴张开，但却发不出声。

“你闯入了马斯洛的公寓？拿可恶的浴室门撞击了我的脑袋？”

“不是故意的。”莱娜嘟囔着，垂下头。

我大声一笑，尽管我对这儿没兴趣。与莱娜争吵实际上是最后一件我想做的事。我走到工作台边，在一块抹布上擦干净手。然后朝莱娜转过身。“你是唯一的说谎者。”我说，尽力让我的声音听起来是寻求和解，“UFO的事，一切不过是作秀。马斯洛自己建造的。如果不是糟糕透顶的曲柄卡住，这玩意儿也许还会飘浮一阵儿。你还可以拿起照相机，拍摄几张照片，现在就可以写一篇文章。再过几天温格罗登就举世闻名了。”

莱娜注视着我，皱起眉头，“文章？”

“刚开始。你之后也许会有别的记者过来。按照马斯洛的计划。”

“别的记者？你们认为我是记者吗？”

“或者工作人员，不知道。”

“我不在报社工作。”

“原来是这样？那么你到这个破地方来干什么？”

“无论如何不是为了UFO。”

“而是？”

“我不能告诉你。”

我真想再次怒吼，一直用提问轰炸莱娜，直到她向我坦白一切，但是我累坏了。最好开车与卡尔回家，躺在床上，美美睡一觉。假如友友在缆绳上踢着腿消失在昏暗之中的形象没有在我眼前浮动，我真会这么做。放弃这种想法，我来到户外，走向嘟嘟车。风这时变得更弱了，今天晚上没有雨。

“本！”

我可以听到莱娜声音，但是我没有转过身。太多的废话只会让我发狂。我踩下油门，启动发动机，开了出去。也许友友已经到了公海上，或者飘到了波兰上空。尽管没有意义，我还是要做。

我不能把马斯洛撂下。

19

我返回时已是凌晨两点半。我把嘟嘟车停在敞开的车间门口，顺着楼梯登上车间的屋顶。灯笼内的蜡烛业已燃尽。吕尔曼蜷缩在散发着余热的烤架下，耳朵在睡梦中不住地抽搐。库尔特身子展开躺在长条椅上，维利则躺在收拾干净的桌子上的羊毛毯上。

我一看见卡尔的椅子空着，心脏好像停止了跳动。

我晃了晃维利的肩膀，用脚踹了一下长条凳。

“卡尔在哪儿?”我喊道。

两人好像被毒蜘蛛蛰了，吓了一跳。库尔特从长椅上滚落下来，睁大眼睛，呆呆地盯着我。维利呻吟着直起身子。吕尔曼仅仅抬了抬脑袋，向我投来困倦的眼神，继续睡觉。

维利扮了个鬼脸，似乎我打亮了灯。他揉揉眼睛，“在家里。”他用沙哑的声音说道。

“在家里？什么意思？”

“莱娜觉得他应该睡在床上，而不是在这里。”库尔特说道。一缕头发耷拉在他脸前。他用手把头发往后一拢。“霍斯特开拖拉机把他俩送回你家了。”

我坐到一把椅子上，突然感觉双腿无力，口干舌燥，异常疲惫。

“他肯定才睡了几小时。”维利说。

库尔特从几乎见底的伏特加瓶中喝了一口，然后倒了一杯苹果汁，递给我。“你差一点把我吓坏了。”他说。

“哦，你们首先让我……”我说，“我想，你们睡着了，卡尔失踪了。”我把果汁一饮而尽。

“还有一个人呢？”库尔特问道。

我摇摇头。

“奥托坐在他家的电话机旁。”维利说，“他每隔十分钟给马斯洛手机打一个电话，如果联系上他，就会过来。”

库尔特坐到椅子上。“至今我们都在徒劳地等待。”

“我一直开到希尔格海姆。”我说，“但是没有马斯洛的踪迹。”

“UFO 呢？”维利问，“你没有再见过吗？”

我长长地叹息，感觉仿佛我释放了最后一丝力气。我脑袋朝后一靠，闭上眼，再次张开。云块减少了，几乎没有运动。两个半小时之后太阳就会升起。

我深深地吸了一口气，端详着维利和库尔特。

“UFO……”我说，“压根就不存在。”

库尔特与维利等我继续说下去。但是我不知道接下来应该怎么说。

“我们都看见了。”库尔特最后说。

维利点点头：“非常清晰。”

我靠在椅子上身体前倾，再一次深呼吸。“你们见到的不是真正的UFO。”我终于道出真相，“几天前和今天看到的都不是。这些玩意儿都是模型，马斯洛造的，因为……因为他想让你们看见真正的UFO。”

库尔特和维利面面相觑地盯着我。

“他想让你们……你们向记者讲述故事时，听上去更可信。”我停顿了片刻，身子往后一靠。好了。我无法强调我现在感觉良好，但是毕竟要好些，没像刚才那么糟。“你们熟悉马斯洛。”我随后说，“他只是为温格罗登办事。为了你们。”

维利第一个弄明白：“那全都是在演戏吗?”

我点点头。

“马斯洛自己建造了UFO?”库尔特问道。

“是的。”

“你知道他的计划吗?”维利问道。

“知情。”我答道，我脸红了，“还有友友呢。”

库尔特难以置信地摇晃着脑袋，“这是一件事。”他轻声说，摸摸卧在他身旁的吕尔曼。

“小伙子，小伙子。我们也许是蠢蛋。”维利从我身旁看过去，神情茫然，嘴巴略微一瞥，好像对真正的微笑也感到疲倦。

“这肯定让你们感觉非常不悦。”我说道，“但并非最坏的局面。今天可恶的UFO带走了友友。”

“什么?”库尔特大声一喊，吕尔曼吓了一跳。

“天哪!”维利感叹道。

然后我告诉了两人全部的故事。

三点半之前，我回到家，在工具棚前停好嘟嘟车，蹑手蹑脚走入房间。首先看了看卡尔。抽屉柜上的小灯还亮着，卡尔躺在床上，睡着了。我瞬间感觉到疲惫，几乎无法站稳。我正想拉开门，发现莱娜躺在床边的地毯上，同样睡着了。我小心翼翼地走了几步来到跟前，屏住呼吸，免得吵醒她。她穿着运动鞋，裤子和风帽衬衫已经脱掉，只穿一件白色T恤衫和内裤。我一动不动地在她前面站了一会儿。最后走出去，回到自己房间。

我用最后一点力气脱掉鞋、袜、裤子、T恤衫和汗衫，然后躺倒在床上。我在深夜驾车疾驰期间，就梦到这一刻。

我现在躺倒在那儿，几乎无法入睡。

因为我精疲力竭，身体好像灌了铅，耳朵里还是嘟嘟车马达的轰鸣声。周围的宁静让我感觉近乎毛骨悚然。

与维利和库尔特的谈话一再在我脑中闪过。两人没有发现异常，他们的朋友如此愚弄他们肯定让他们难过。我请求他们继续向奥托、霍斯特、阿尔方斯讲述完整的故事，只要马斯洛回来，或者出现，不管几点都要给我打电话。房门只是虚掩着，我可以听见起居室内的电话声。

因为我泄露了马斯洛的秘密，我严厉地自责。也许这期间马斯洛已经找到了友友，他们把那玩意儿藏在了某处或者塞入了汽车，正在回来的路上。我倘若没有说什么，也许这些家伙会更相信UFO真的存在。甚至莱娜也会相信。

直到我告诉她真相之前。

马斯洛会撕烂我的脑袋。

我站起来，走入浴室，把冷水浇在脸上。也许我应该闭嘴，等待。在旧工厂附近取来UFO，在着陆场喷洒化学药剂，点燃计划虽然失败了。但是不久前六个大部分清醒的成年人还真的相信宇宙飞船。我这个蠢猪一定抢劫了他们身上的幻象，只是因为厌倦了欺骗他们。

我合不上眼，走入浴室，刷过牙。然后往浴缸里放了凉水，伸入脚丫。我在哪里读到过，冷水洗脚有助于睡眠。

我应该停止对自己的自责。UFO，新闻媒体和游客的整件事一开始就宣告了失败。要是马斯洛还没有彻底弄砸，他同样也会看到这些。这家伙喜欢充当幼稚者、幻想家和谎言家，但是并不蠢。他看清楚战斗失败了，只关系到减少损失。

我擦干脚，返回床上。

莱娜距离我几米开外的想法也让我无法入睡。我寻思着她是不是真记者。如果不是为了UFO，她来温格罗登原因是什么？倘若她确实开错了路，那么为什么伪装汽车故障？

最后我终于合上眼睛，不愿再多想。一定要像关闭发动机那样让大脑休息。有时候啤酒是关键。如果喝够了，大脑就会熄火。

走到冰箱前，只需十步。但是我觉得自己身体非常沉重，几乎挪不动半步。外面天色渐明，而我脑袋里却愈来愈昏暗。

我正欲像一头深陷沼泽地的垂死猛犸象倒在床垫上时，听到一个声音。

“本？”

这是莱娜。显然我在做梦。

她在我身边躺下，手摸到我的额头，拂过我的头发。

我没有做梦。

“马斯洛和友友出什么事啦?”她低声说。

“我不知道。”我轻声地说。我的声音听来非常遥远。“我没有找到他们。”

莱娜叹了口气，她的呼吸飘过我脸。然后她吻了我脖子，脸颊和嘴巴。

我要从沼泽地爬出来。

我不想当垂死的猛犸象。

不是现在。

20

房间透亮。光线穿过窗帘和我眼睑。我知道应该睁开眼睛，起床，可是我连小手指都动弹不得。尽管我把被子乱踢到脚底，还是感到温暖。我听到了蟋蟀鸣叫，唧唧声从敞开的窗户钻进来。我口干舌燥，真想为了一杯水交出大众巴士的方向盘。

昨夜的回忆十分缓慢地返回。模糊的景象浮现。友友像条钓钩上的鱼，在钓线的一头来回摆动。马斯洛追逐被云团吞没的早已消失的UFO。摩托车灯光下的公路。在我向库尔特和维利透露一切之后，他们的面孔。

莱娜，躺在卡尔床边，睡着了。

莱娜!

我突然直起身，感到眩晕，眼睛眯成缝。我从床垫上滚下来，跌跌撞撞走入浴室，任冷水浇到我脑袋上。

镜子里这个人我觉得有些熟悉。

我在厨房泡了一杯速溶咖啡，站着喝掉。然后走入卡尔房间，打开门。卡尔穿着睡衣和外套坐在凳子上。他的头发看上去梳理过，穿着拖鞋；他的手指还粘着胶水，几条蓝色碎纸片粘在睡衣裤子上。他在墙壁上贴碎纸片时，每次都得用力站直。我观察他，直到他发现我。

“早上好，卡尔。”

“早上好。本。”卡尔喜滋滋地看看我，然后再次埋头于工作。

“莱娜在哪里？”

卡尔朝我转过身，看着我，好像没理解我的意思。

“莱娜。她在这里睡过觉。她走掉了吗？”

“不知道。”卡尔最后说。

“她给你梳过头吗？”我指了指他头发。

卡尔眼珠子朝上翻转，考虑了一下：“是的。”

我注视着墙壁，现在三分之二的地方都被闪亮的蓝色碎纸片遮盖。“多漂亮啊！”

“天空。”卡尔说道。

“我想是大海。”

“都是。”卡尔用另外一把毡刷仔细涂上胶水，叹息着直起身，按下一个空白位置，用手掌拍紧，然后再次坐下。

“我替你去拿高脚凳。”我说，“但是首先得吃早餐，你饿了吗?”

卡尔无助地打量着我。

“饿了?”

卡尔摇摇脑袋，“谢谢。”他说道，从罐子里捞出一张纸片。

我预感到什么。“你吃东西了吗?”我问，“莱娜给你做早饭了吗?”

卡尔思考了几秒钟，然后喜形于色地说：“油煎饼。”

我惊得目瞪口呆。又是一个我从来没有从卡尔那儿听到过的词。这幢房子最后一次吃油煎饼还是欣蕾特在的时候。她用荞麦粉、脱脂乳和鸡蛋做出油煎饼，配上草莓蜜饯和自制的苹果酱。尽管已过去很久，我还是可以准确地回忆起油煎饼的味道和香味。

“油煎饼。”卡尔再说了一遍。他似乎拥有美好的一天。我们花了那么多工夫与马斯洛和年轻人待在一起，显然对他产生了积极的效果，而且与莱娜交往让他真正活跃起来。

我把一只手放在他肩膀上，“我现在去冲凉，穿衣服，你去拿椅子，好吗?”

卡尔注视我，笑着点点头。然后他再次陷入慢吞吞的节奏之中，好像世界并不存在，只有蓝色的墙壁。

我走入浴室，站在莲蓬头下。我穿好干净的衣服，在厨房吃了一片黄油面包，再喝了一杯咖啡。此时我彻底醒了，琢磨着莱娜是否真上过我的床或者我只是在做梦。她亲吻我时，我有无真正睡着。我在床上发现两根头发，显然与我的不同，因此必定是莱娜的。在莱娜昨天用过的枕头上，再次躺过的沙发上我也发现了另外一根头发，与前面两根相配。

莱娜上过我的床，毋庸置疑。

我这个超级大傻蛋睡着了，什么事都没有发生。或者发生过什么事，我回忆不起来。

我从写字台上取来一只信封，把三根头发塞进里面。我正准备走出房子，去工具棚取高脚椅时，电话铃响了。我坐到沙发上，拿起听筒。

“喂?”

“本！是我——喂？本?”

“喂，妈妈。”

“你躲到哪儿去了？昨天我打了不下十次电话!”

“我在路上。在矿坑湖。”

“在矿坑湖？和卡尔在一起?”

“是的。这里非常热。我们整天都在外面。”

“整晚吧！我从九点钟开始，十点，午夜又打了一次!”我妈妈听上去非常绝望。

“在外面聚会。酒馆里。”

“什么聚会?”

“大事。阿尔方斯的生日。”再漂亮的谎言我一时半会儿想不起来。

“阿尔方斯。再说一遍，是谁?”

“霍斯特的父亲。”

“哦，当然啦。他到底几岁了?”

“八十岁了。”我说。这大概得准确些。

“我担心死了，本！我回来时，给你买部手机!”

“好啊。”

打火机咔嚓响了一声，然后我妈猛吸了一口烟，好像这是很久以来她抽的第一支烟。“你们到底怎么样?”

“不错。你呢?”

“噢，你知道。我们每隔三天都去另一座城市，住在另一家酒店。”

“肯定很辛苦。”

“你想我吗？我非常想你，本。”

“当然。”

“我昨天给你买了一件套头毛线衫。你会喜欢的。”

“谢谢。”

“你们那儿有什么新鲜事吗？”

“没有什么。”我说。关于高尔基、UFO以及整个乱七八糟的事情我最好别提。

“没新鲜事就是不错的新鲜事，就这样。”

“正是。”

我们好几秒钟无话可说。

“本？”

“哎？”

“听着，我们昨天在这家酒店演出。在奥尔胡斯[①]，那边的经理，喜欢我登场，他……他还问，我们有无兴趣到另外的酒店演出。当然是连锁店，你知道，连锁酒店。本？”

“我在听。”

“总共八家连锁酒店。五家在瑞典，三家在芬兰。我知道，我说过马上回来。如果在外面待久一点，你会生气吗？”

“不会。好的。”

“真的吗？”

“不会。”

“宝贝，本！我说过，我给你买了一件套头毛线衫？”

---

① 奥尔胡斯（Aarhus），丹麦第二大港和交通、工业及文化中心，又是日德兰半岛的谷物和畜产品的集散地。

“对的。你说过，谢谢，妈妈。”

“嗯，那就好。我很高兴你们一切正常。我会再给你打电话。也许从斯德哥尔摩。”

“好的。再见。”

“问候卡尔。”

“我会转告。”

我放下听筒。起居室的窗帘在夏季整日都是拉上的，免得房间被阳光烤热。我小时候就喜欢昏暗的光线，始终如此，好像时间凝固了。我现在有种感觉，蹲在一间黑暗的斗室里，因满是灰尘的空气窒息。

我从厨房里取来药片和一杯水，走入卡尔房间。卡尔坐在地板上翻阅着杂志。显然他用完了碎纸。

“这里。你的聪敏豆。”

“谢谢。”卡尔从我手里一粒接一粒拿起三粒彩色药片，放在舌头上，喝一口水咽下肚。

“我到外面去会儿，两分钟。”我说。

卡尔点点头，在旧电视杂志里继续寻找蓝色区域。

我离开房间，然后是这幢房子。天空被一层牛奶状的云彩遮盖，太阳隐藏在后面某个地方。没有刮风，连一丝气流都没有。天有些温热，大约二十五度。如果不马上下雨，我就得给草地浇水。走路时，我深深地呼吸，突然气喘，似乎我身后是一场马拉松比赛。尽管如此我也没有站住，没有停止往肺部吸气，直到我胸部的压力慢慢缓解。

我远远看见嘟嘟车方向盘上亮黄色的塑料袋。

上面，把手处，一张字条被衣夹固定，上书“本”。塑料袋里有一张折叠的字条、一张明信片和一朵玫瑰花。

明信片展现了山区的风景。横贯蓝色的天空印着粗体的红色字样“度假天堂梅拉诺[①]”，背面只有酒店名称和地址。玫瑰是从隔壁花房花丛中摘下的琥珀皇后。我拿起这张纸，坐在工具棚的阴影下，展开阅读。

这封信是莱娜写的。

我把头朝后一扬，深呼吸了一下。开始阅读。

亲爱的本：

你在读此信时我已经离开了。对不起，我没有与你说再见，你睡着了，我不想吵醒你。我思考了很多，关于我们，我希望你知道，我非常喜欢与你在一起。现在我正在去梅兰诺的途中，登山。我肯定会想念你的。

请到我这儿来，本。我知道你得照顾卡尔，但是你不能在他身上花掉所有的时间。考虑一下你的幸福和生

① 梅拉诺（Meran），意大利北部南蒂罗尔地区的一个旅游胜地。

活！！！假如你不做反抗，就会在这个破地方变得萎靡不振！你反正不想当园丁，对吗？我确信你会为卡尔找到出路的。我奶奶路易丝生活在养老院里，感觉非常幸福。你没满十八岁，没关系。我们将在一座简陋的山区小屋生活，只需要一点点钱。在夏季我有时去当服务员，冬天到众多酒店中的一家干清洁工。

甭担心。

明信片告诉你，到我这儿的路怎么走。我等你哦！

附言：别在意我标点的错误！

我读了两遍信，然后是第三遍。我肯定会想念你的。到我这儿来。我等你哦。恋爱了。这席话令我脑袋感到火烧火燎。我整个身体感觉奇痒。就像在六月清晨一头扎入矿坑湖之中。我在水下不露面，然后喘着气浮上来，我从来没有如此充满活力。我躺在太阳下，温暖穿透全身。我的肚子变成一座高炉，心脏发疯似的噗噗地跳动。

请，到，我，这儿，来。

我背靠工具棚墙壁坐下，呆视这封信。我脑中的思绪狂野地奔涌，没有一种我能正确理解。

我站起来，走向露台。扶手仍然躺在草丛里。我站在卡尔的窗前，注视了他一会儿。他仍然埋头于活计，没有注意我。

我认为，头一次遇到他或者走入他房间的人肯定会想，这家伙疯了。

卡尔，我爷爷，我爸爸的爸爸。卡尔，他的世界就像这幢房子那么大，有时又如同他的房间那么小，常常甚至小如他膝盖上的饼干盒。卡尔，在他大脑里每天都有几个词语消失，同时又有一个新词闪现。卡尔，他的血液曾在我爸爸血管里流淌，这些血液又流入我的血管。卡尔，在最糟糕的日子里，我帮他切碎食物，擦净指甲上的胶水。我为他做饭，洗衣，清洁；每一秒，我都在跟前。卡尔，我很少爱他，有时候恨他，大多数时间只能忍受，正如忍受我自己的乏味生活。

我走入工具棚，扯掉金属壳上的布罩，这玩意儿总有一天要成为一辆汽车，我想开到非洲去。这个生锈的、布满灰尘的破玩意儿离我童年梦想的大众巴士还很遥远，我差一点笑了。轴、轮毂、轮毂盖、减震器、刹车片、排气管、电缆和管子，我忽然觉得它们好像巨大拼图游戏里的部件，我一生永远也无法拼好。我坐到搁在工具棚墙壁旁的一排凳子上，又读了一遍信。

一切都写在那儿，我得有所行动。

21

五小时以后，我们抵达了克雷姆贝格。旅途中我不由得想起友友和马斯洛，有几次差点掉头返回。可随后我又把莱娜信中的一席话请下来，半途便成功驱散了悲哀的UFO故事。

我考虑过如何摆脱卡尔，扯开嗓子唱歌或者大声在这个地方咆哮，路人一定会想，我彻底考砸了。

也许我就是如此。

养老院位于一个拥有成排老屋和一座大公园的街区路边。一条砾石路通往三幢建筑的入口，其中两幢矗立在美观漂亮的菩提树的浓荫下。入口位于中间的一幢，由钢结构与玻璃组合的现代化建筑。现在大约两点钟刚过，几乎不见人影。在花园木制长椅上坐着一位老太太，正在抽烟。有个男子把白色布袋扔进停在最后方建筑前的洗衣房的货车上。两位老人沿一条路缓步前行，其中一位拄着拐杖。其他住客似乎待在房间里，也许他们在睡午觉，或者打凯纳斯特纸牌、桥牌，玩其他老人玩的游戏。

一名身穿黄衬衫的女子坐在接待大厅巨大的斜面桌后面，正在打电话。透过望远镜我可以看到她脖子上挂着的彩色珠子穿成的项链，几乎可以读出她胸牌上的名字。

我从围墙上跳下来，走向卡尔，他在嘟嘟车的车厢里等候我。像往常那样，一旦他正常的生活流程陷入混乱，他便以沉默回应，保持着僵化的状态，好像兔子遇到蛇。

“来啊，我们散散步。”我说道，伸出手臂。

卡尔纹丝不动地坐在那儿，两手紧紧抓住放在他膝盖上的小行李箱。因为外面很热，我帮他脱下西装上衣，松开领带。他脖子上还粘着卫生纸，那地方是我给他刮胡子时割伤的。我揭掉这层纸。途中我们每隔十公里休息一下，我给他喝了水。每次休息时我都读了莱娜的信，为了不发狂，不掉头回去。

“来呀。运动一下对你有好处。”我用左手从卡尔的膝盖上拿下黑色人造革行李箱，帮助他走下车。他站稳后，我再拿起车座上的西装上衣。衣服有一股我给卡尔抹的刮胡水的味道，衣领纽扣上插着一朵白石竹。然后我走到通往花园的砾石路上，在修护的边缘花坛、割过的草地和竖起的树篱之间有几排木制长椅。卡尔站在原地不动，倾听躲在树冠上不见踪影的鸟儿啾啾。他那副神情，很难描述，不知是要表达惊奇还是恐惧。

在一处喷泉附近，我让卡尔坐到一把椅子上，把西装上衣搭在椅背上，然后从行李箱取出饼干盒和一份画报。

“我忘记带你的水瓶了。”我说罢，合上行李箱，把箱子放在卡尔旁边刷了绿漆的椅子上，“我去拿，你在这儿等一下，好吗?”

卡尔点点头。

“如果有人来，问你是谁，你就说出你的名字。行吧?”

卡尔点点头。

“你叫什么名字?”

卡尔看我的神情，好像我在考问他，3572除以11是多少。

“卡尔·席林。你叫卡尔·席林。”

卡尔看着我，没有点头。

“只说一次，卡尔·席林。”

卡尔没有想张嘴。

“好的。”我说罢，替卡尔解开最上面的纽扣，让领带结宽松。我在他面前站立了一会儿，打量他，从铮亮的鞋子到梳理整齐的头发。

“好吧。”我最后说，“我给你去取水瓶。”

卡尔盯着我，我无法在他的目光中读出什么来，既无痛苦亦无悲哀，也无责备，甚至也没有通常的不知所措。我转过身，沿着通往大门的路走去，出门来到了嘟嘟车停靠的访客停车场。我从车厢里取出卡尔的棕色大行李箱，拎到大门处，放在一条砖砌的立柱旁。然后我开过几处街角，来到一个公交车站，旁边有一间电话亭，我拨打了养老院的电话。振铃响过两声之后，传来一个女子的声音。

“林登霍夫老人护理院，我是弗里瑟。”

“有一位老爷爷坐在花园里。”我说，“他的名字叫卡尔·席林。他即刻起就是您的客人啦。”

“再说一遍？哪位在讲话？”

“这不重要。他的药片和证件以及衣服放在了一只摆在大门口的行李箱内。请您好好照顾他。谢谢。”

“等一会儿！您不能……”

我挂掉电话。剩下的内容弗里瑟女士可以从一封放在行李箱里的信件了解到。

三点半我坐上了一辆驶往南方的大巴。我带了六罐装啤酒，两个奶酪面包，两块巧克力条。我的旅行袋塞满了外套、盥洗用品和一点我不想留下的东西。其中有一封我九岁患腮腺炎卧床时爸爸从非洲写给我的信，画册《非洲的野生宝藏》，口袋本《汤姆·索耶历险记》，我的多用小折刀和妈妈的一盘

CD唱碟。

风景从车窗旁一闪而过，驶过的地区，我从未听说过。船舷杆村，桦木草地，吕森，哈隆。纯粹由农庄和几间荒凉的房屋组成的穷乡村。大巴每隔五分钟停一下，通常只在一个十字路口或者一处倾斜的隔板屋旁。有时候有乘客下车，徒步走开，尽管没有见到哪里有房屋。

四十分钟之后是位于荒野之中的名叫布尔瓦赫的终点站。按照旅行计划半小时之后有一辆公共汽车开往温德拉特，那里有一座火车站。为了消磨时光，我坐进当地唯一一家酒馆，点了一杯咖啡。在衣帽间旁挂着一张泛黄的地区图，我在上面仔细寻找最终要到达的地方。本来我应该为我迈出温格罗登的每一米欢呼，但我的嘴巴却激动得说不出话来。

我想我本来应该在克雷姆贝格乘六点十分的火车。但是我不想懒散地坐在那儿，不是在克雷姆贝格。墙上挂钟指向五点二十。卡尔早就应该坐在他房间里，喝着一杯热巧克力。我在信中提到他喜欢喝热巧克力，从画报上撕碎纸条。何时必须服药。他的医生和维尔尼克太太的电话号码我同时也写在了上面。

我确信卡尔能得到很好的照料。

女侍者给我送来咖啡，问我要不要报纸。我说不要，谢谢。她觉得其中反正没有什么新鲜内容。我微笑着，搅拌杯中的咖啡。女侍者发现我没有兴趣交谈，就返回吧台后面的房间——她刚出来的地方。

我喝了一口咖啡，堵在嗓子眼里的东西消失了。

前往温特拉特的行程花费了大约一小时。这座城市与克雷姆贝格差不多大，也许更大一些。我在火车站打听去梅兰诺的最佳路线。售票柜台后的男子在告诉我一条听上去相当复杂的线路之前，首先查看了一下梅兰诺的位置。尽管我不饿，还是取出一块奶酪面包，但是咬下第一口就让我觉得恶心。几只鸽子在我前面的地面上来回奔跑，我把面包撕成碎块丢给它们。有一名男子牵着一条猎獾狗从火车站走出来，告诉我禁止喂鸽子，我没听他的。

莱娜的信我现在几乎都能背出来，明信片图片的每处细节也深深地刻在我脑海里。绿色的山丘，深色的木板屋。局部的森林，山峰，部分为白雪覆盖。一个滑雪场的上山吊椅或者缆车的五根钢塔。草地上的八头奶牛。

有个岁数没有比我大多少的男孩站在我跟前，向我讨钱。他穿着橡胶拖鞋，带洞的牛仔裤，一件印有“百威”字样的汗衫，头发绞在一起，眉毛上贴着橡皮膏。我给他了一欧元，他表示感谢，又走到邻座一名女士跟前纠缠不休地乞讨。我的钱包和左脚鞋子里藏了四百欧元，几张我妈妈给我六月、七月用的，压坏的零花钱。我和卡尔去克雷姆贝格之前，我走入车间，我想进入办公室，从马斯洛的机密钱箱中取几张钞票，但又感觉像无赖，就作罢了。没有也得去。车票花掉我大约一百欧元。也许我可以在梅兰诺汽车修理厂找一份工作，毕竟到处都是黑工。十九个月之后我就十八岁了，那么一切就更方便了。

在前面的路边，不时有汽车停下来，有人下车，走进火车站，一辆带挂车的拖拉机开在前面。拖拉机是一辆红色居德内牌G60型，大约在1968年制造。霍斯特在购买了一辆二手的约翰·迪尔牌拖拉机之前，曾经开过同样型号的拖拉机。司机是一个约莫五十岁左右、身穿灰色工装裤和胶鞋的家伙，下了车，走向挂车。挂车上秸秆包和麻袋之间坐着一个老头。老人身穿一件棕色西装，头戴一顶帽子，手里紧紧攥住一只行李箱，较年轻的司机搀扶他下车时，老人没有松开手中的行李箱。两个人说了几句话后，握了握手，老爷爷拎着行李箱穿过广场朝车站大楼走去，司机随后便驾驶拖拉机离去。

拖拉机很快不见了踪影，发动机的突突声淹没在城市的喧嚷之中。

卡尔肯定过得不错。我一闭上眼睛，便看到他坐在房间里，玩碎纸片。他也许还没有发现他不在家中。一位和蔼的老太太每天会与他练习记忆。花园里有他可以喂食的鸟儿。

“你有零钱吗?”

我抬起头，看到这个乞讨者又站在我面前。

“呵，我问你要过。”这家伙盯着我，“都明白了?”

我点点头，这才发现我泪流满面。

“香烟?”

“我没有。”我说，用袖子擦了擦脸。

“你要不要来一支？这里。”男孩递给我一盒打开的香烟。

为了摆脱他，我伸手接过烟盒，但是我手抖得厉害，几乎连香烟都抓不住。这小子给了我一支，我叼到嘴巴上。我听见打火机咔嚓一声，吸了口过滤嘴。我立刻感到肺部好像要炸裂了。一阵咳嗽振动了我，我几乎喘不过气来。这家伙笑了，说了些我听不懂的话。鸽子高高飞起，在我头顶上的蓝色天空里振翅翱翔。我把香烟扔到地上，起身，拿上行李，跑到火车站大厅。在柜台前我打听回家的列车是几点。售票员看我的样子，好像我神经错乱。“克雷姆贝格。”我说道。我从钱包里拿出钱。这男子咕哝着难懂的话，然后把车票推给我。

22

我抵达克雷姆贝格时，太阳已经落山。我乘坐的这列火车走完了最后一段线路，没剩下几名乘客。在我乘坐的车厢内坐着一对老年夫妇，一名带小男孩的女子。小男孩正在学习系鞋带。整个回家途中我都在想念卡尔。我感到害臊，喝掉了六罐啤酒，尽管啤酒早就不冰了。在到达我必须转车的费恩海姆之前，我在厕所吐掉了所有吃下的东西。

我花了点工夫才找到通往工业区的公路。不知何时我才再次认出这家地毯仓库的水泥建筑，然后是一家建筑企业的木板房。忽然街灯亮了，我看见我出发的公交车站，嘟嘟车仍然停在一块休闲空地上，我把它撂在了此处。在不容易隐藏的树丛中挂着塑料袋和废报纸。在一块没有建筑物的空地边上耸立着一堵歇业的洗车设备的围墙，两侧由一道带网眼的铁丝篱笆隔开。邻近的空地上堆叠着废旧的汽车和金属垃圾。

由于地面上遍布碎玻璃和生锈铁钉，我只得把嘟嘟车推到路上。有两个小混混在面前站着，我这才注意到。

“我们这里有什么人哪？”一个家伙嚷道，弹掉一截香烟屁股，把手插入他白色训练裤的口袋。在街灯下可见他与我年纪和个头相仿，但是上身要宽一截，看上去好像业余时间都耗在了健身俱乐部。他的肌肉展现了良好的效果，他身穿一件无袖黑色T恤衫，紧贴身体，好像画上去的。

“瞧瞧这狗屎。”第二个混混，一个满脸脓包的难看的瘦子说道。他对嘟嘟车车厢顶部的一些东西动手动脚，像个姑娘那样咯咯地笑。

“这是什么？”健身运动员边说边绕嘟嘟车转了一圈。

“嘟嘟车。”我答道。尽管我吐掉了啤酒，仍然感觉有些轻微的醉意，我不知道这种状态是好是坏。

瘦子哧哧地发笑，折断了一个老鼠脑袋，仔细打量，好像平生从未见过。

“你从哪儿来的？”肌肉男想知道。

“施特里茨。”我回答，突然来的灵感。

“我不认识。你听说过施特里茨吗？”

瘦子摇摇头：“没有听说过。”他拉开旅行袋的拉链，一通翻找。

“世界旮旯。”我说着，观察这个瘦子展开我爸爸的信，晃了晃书，打开CD封套，好像到处都藏着钞票。

“出门旅行就带这些破玩意儿?”肌肉男厌烦地转动着进气把手，拉开刹车杆，调节两个后视镜。

“只有我。”

“你知道在这里停车要付费吗?”肌肉男坐在摩托车的座椅上，往嘴巴里塞了一块口香糖。

我摇摇头。

一辆汽车开过，一辆喧闹的红色雷诺R5，年迈的女司机显然快了不止一挡。

“就是这样。”汽车消失之后，瘦猴说道。他找到了望远镜，来回转动了一下，挂在脖子上。

“在施特里茨也许停车免费，但这块儿不行。”肌肉男说。

“多少钱?”我问道。

肌肉男冲我冷笑：“你手头上有多少呢?”

我左边的鞋子里塞着三百欧元，在裤子口袋里也许还有四十。这四十欧元，两个蠢货反正要从我身上夺去，那么自愿交出来，会更好一些。我取出三张钞票和零钱，给肌肉男看。

“我同事收费。”

瘦猴扔掉老鼠脑袋，从我手里接过钞票，数起来：“38.75欧元。”

“都在这儿了，对吗?”

我点点头：“是的。”

肌肉男给瘦子一个提示，这家伙摸遍了我四只口袋。三个口袋是空的，还有一只口袋放着莱娜头发的信封。瘦子打开信封，往里面瞧瞧，然后揉成一团，越过肩膀扔在空地上。

肌肉男朝我微笑，近乎友好，好像我们是老朋友，只聊了几句，然后起身走掉了。瘦猴无法再侮辱我，赶紧尾随而去。

我等待着，直到两人消失，才拉好旅行袋，推到座椅下面。本来我应该报警，但此刻不是好主意。也许我也会遭到追捕。这个男孩像对待一条讨厌的狗那样，遗弃了他爷爷。我徒劳地找到揉成一团的信封，然后从车厢外壳的夹层中取出车钥匙，校准后视镜，启动发动机，开了出去。

敬老院的大门紧锁。在其中一根门柱上装有对讲机，我不敢摁门铃，说我是本·席林，想接回我不小心寄存在这儿的爷爷。我沿着围墙前行，爬到一处街灯照不到的地方，在另外一侧。现在是十点一刻，大多数窗户后面都黑灯瞎火，老人们显然已经入睡了。

有人坐在接待大厅的吧台后面，我没有望远镜认不出是不是下午的女人或者其他人。花园里只有几盏灯还亮着。诸如夜班警卫、监控摄像机和警报装置这里都没有配置。我从夜间关闭的喷泉和撂下卡尔的长椅旁经过。

我站在三幢大楼附近的一棵菩提树后面，抬头仰望露出缝隙的窗户。电视机蓝色的闪光透过两三扇窗帘，我能听到轻微的音乐和声响。但愿卡尔还醒着。希望他过得好，他坐在一把沙发椅上，往饼干盒里塞碎纸片。但愿我完全能找到他。建筑物唯一入口是一扇玻璃门，显然用一把钥匙或者一张卡片就能打开。附楼也是如此。在夜里似乎只能通过这个玻璃和钢结构的立方体才能回房间。也就是说必须从接待处的女士旁经过。

我把衬衫塞入裤子，用手指梳理了一下头发，走向大门。我正欲叩门，移门自动打开，我吃了一惊。坐在由浅色木头和花岗岩制成的长条吧台后面的女士抬起头，看我的表情让我想起卡尔惊恐的面孔。

“晚上好。”我尽量友好又热情地说，站在斜面桌两步开外，免得造成威胁的印象。在女子后面，一件齐臀高、占据整面墙的家具上，摆着文件夹、一台打印机、咖啡机和无声播放着晚间新闻的电视机。

“您怎么跑进来的?”这名女子四十岁开外，短发，显然喜欢超大号的耳环。在她镶有花边的白上衣上别着写有名字的胸牌，但这种距离我无法辨认。

“我也奇怪门一下子就轻松打开了。”我向前走了一步，仍然面带微笑。

女子一刻不停地盯住我："我说的是大门。晚上大门是锁着的。"耳环是那种黄蓝色条纹相间的圆片，大小如茶碟。需要很大勇气才能挂在耳朵上。

"哦，是这扇……"我向前走了一步，看见她一只手放在剪刀上，另一只放在电话机的听筒上。我现在可以看清名字：戈尔克。"是这样，戈尔克夫人，我来这儿想接一个人，我爷爷。"我把手放在花岗岩台面上，为了向戈尔克展示，我没有武器，"这只是一个天大的误解。我今天下午……"

"您叫什么名字？"戈尔克夫人打断我。她的声音显得愈来愈严厉，但是起码没有把我当作翻墙入室的窃贼或者更坏的人。

"席林，本·席林。本雅明。我爷爷叫卡尔。卡尔·席林。"

戈尔克夫人的手从剪刀和听筒上挪开，从存物的抽屉里取出一张便条。"您叫席林？"

"对。"

"您就是这个年轻人，今天把爷爷……交到这里？"

我点点头。

"这封信是您的？"戈尔克夫人手攥一份信的复印件在鼻子前面晃悠。

"对，您听着，这全都是……"

“您真不害臊！”戈尔克夫人大声说道，“我日班的同事想报警！”

“对的，对不起。但是我现在正想……”

“对？您想干什么？您想干什么，席林先生？”

“接他走。”我小声地说。

“您爷爷？他已经被接走了。”

“什么？这不可能啊！”我喊起来，“被谁接走了？什么时候？”

“今天晚上。被他外甥女。有一位……”戈尔克女士阅读了字条，“莱娜·克莱默。”

我凝视着她，膝盖突然变软，我真想坐下来，或者躺倒。然后我的目光集中在电视机上，我感觉下巴差点掉下来。

我看到一座被围墙包围、探照灯照亮的广场，中间躺着UFO和瘪了的气球外壳。我冲向斜面桌，由于双腿无力，跌跌撞撞冲向戈尔克夫人，她发出一声惊呼，用两只胳膊抱住脑袋，好像我要打她。

“对不起！”我喊道，被自己的脚绊了一下，直挺挺地躺倒在地。我伸出胳膊，把电视机的音量开大。

“该男子驾驶自制飞行器设法闯入女子监狱的内院。根据警方的陈述，被捕者想要释放一名女犯。”

“哎呀，这傻瓜。”我嘀咕道。

“目击者报道飞行物体失控坠落。是否涉及事故或者偶然事件或者一名罪犯疯狂的袭击尚不清楚。但是现在可以确定，这种越过监狱围墙的异常企图将载入德国刑事犯罪的历史。”

“哎呀，你这傻瓜。”我吃力地站起来，摇摇晃晃地走向门口。戈尔克女士没有动。大门轻轻一声滑开，我踉踉跄跄地来到户外。夜间空气凉爽，我深深地吸了口气。围墙突然疯狂地高耸在我面前，但是我最终成功地爬到了另外一面。

幸亏我的嘟嘟车还停在街角。

温格罗登从来没有让我感觉如此荒凉，这不仅仅是因为现在才凌晨三点半。“霉菌”前的街灯完全泄了气，建筑物昏暗不堪，好像拒人以千里，似乎多年来没有人类涉足。安娜的花园篱笆旁仍然挂着警察贴上去的查封牌。面对泛黄的草坪、干枯的花朵和关闭的窗户，可以想象不久前这里发生过不幸。我看到车间屋顶上黄灯笼仍然挂在那儿。耳朵里忽然飘过这首波兰歌曲，皮约特总是把这首歌唱得很悲伤。

在花圃不远的地方，发动机熄火了。我咒骂着从车厢里取出备用油桶，注满油，为了走完最后一点路程。我远远看见莱娜的标致汽车。尽管我感到有些恶心，可还想喝一瓶啤酒。我把嘟嘟车推入工具棚，在耗尽最后一点气力、离开这个黑屋子之前，不得不在里面坐上一会儿。

在工具棚内，我肚子的不适感会愈来愈强烈，我打开卡尔的房门，手不住地颤抖。卡尔躺在床上睡着了，莱娜睡在旁边的地上。我观察了他俩一会儿。走廊上灯光照到房间内，我几乎有点盼望莱娜醒来，可以跟她说话。我很想向她提几个问题。例如她怎么找到卡尔的。她到敬老院接卡尔时，他表现怎样？也许他只是把这次旅行当作郊游体验，接着又忘掉了。她为什么还在这里，我也很想知道。如果她无意离开，那么她的信到底是什么意思？深夜发生了什么，她晚上跑到我床上来，这点我也感兴趣。

但是她没有醒，卡尔也没有醒。我简直累死了。我关上门，走入我房间，脱掉衣服躺倒在床上。在枕头上放着一张字条，上面是莱娜的笔迹：欢迎回家！

有人摸到我肩膀，温柔地晃动我。醒来的感觉，仿佛我要从一个温暖的深湖底部慢慢潜上来。我大脑是一个衰败地区的破烂货商店，大门上挂着“关门”的牌子。我正在做梦，穿过一幢巨大的房屋，寻找卡尔，所有的房间都空无一人。

“本？”

我不想睁开眼睛。但是我不想再跑步穿过这幢建筑。

“本，醒醒？”

手摇晃得更有力了。我认出了声音，莱娜，给我写信的莱娜。请到我这里来。现在我又回忆起了一切：卡尔坐在长椅上，女人的巨大耳环，电视里的UFO。

哎呀，你真不害臊。

我拽着被子蒙住脑袋瓜。

“出发，起床。”

被子被猛地拉飞，接着窗帘被拽到了一旁。光线的洪流淹没了我。我急促地呼吸，眼睛睁开一道缝，莱娜坐在我旁边的椅子上，好像一名病床边的访客。

“唉，终于醒了。跟我来。”莱娜拉住我的手。

我不想起床，我感觉体力还不够与莱娜说话，向卡尔道歉，打听友友为何待在女子监狱里，马斯洛藏在了何处。

“来呀。”莱娜起身，把我拽起来。

我像一只马戏团的狗熊跟着驯兽师，在莱娜身后笨重地行走。温柔的风抚过这幢房子，好像所有门窗都打开了。厨房里飘荡着烤面包和咖啡的香味。莱娜的手很温暖，我感觉好像她给我注入了能量。

我站在露台上，足够清醒地看到了栏杆不是躺在草丛里，而是修好了，起码装在了它本来的位置。莱娜指向田野。

明亮之中我眯缝起眼，不敢相信我的眼睛。

卡尔展开双臂站在太阳下。他头戴草帽，身穿宽大的灰裤子、苔藓绿的黑格子衬衫，戴着他宾果游戏赢来的墨镜。从远处看如同稻草人。但他不是，相反，三只小鸟在他胳膊上蹦蹦跳跳，啄着他上翻手掌里的谷粒。

我用空出来的手揉揉眼睛。就是没有望远镜我都可以看清楚卡尔比太阳更明朗，灿烂。

“十分钟前拍着翅膀飞过来的。”莱娜轻声说。她头靠在我肩膀上，她的手握得更紧了。

我需要一点时间，直到确认没有在做梦。二十多年之后，鸟儿真又回来了。我真想跑向卡尔，拥抱他，对他说，对不起，我干了蠢事情，咒骂被禁了，一切都会好起来。但是假如这么做，鸟儿就会飞走，我不想那样。

起居室里的电话响起来。

“也许是马斯洛。”我轻声说。

“去吧。”莱娜说道，松开我的手。

在去起居室的路上，我从餐桌上拿起一盒橙汁，喝了一口，然后拿起听筒。

“席林。”

“本，霍斯特。”

“嗨，有什么事情?”

“没有什么新鲜事。友友又进了班房，马斯洛现在躺在医院里。”

一刻钟之后，我们坐上莱娜的标致车，驶往“霉菌”。卡尔坐在后座，笑容满面。马斯洛追逐友友和UFO遭遇了车祸，昨天晚上做了手术。据霍斯特了解，他摔断了两条腿，还有多处乌青。他在一处弯道上转弯，跌入一条沟里，直到早晨才被一名摩托车手发现。手术进展顺利，按照实际情况他还算不错。可以这么说。

库尔特和奥托要去医院给马斯洛捎些东西，但是他们由于兴奋忘记了一半。莱娜与卡尔在汽车内等待之际，我从偏门的藏匿处拿出钥匙，进入马斯洛的房间取来刮胡刀、阅读眼镜、浴袍和干净的内裤。当我再次来到下边，一辆印着“吕佩慈自动售货机”字样的送货卡车停在了酒馆入口，莱娜正在与一名头戴棒球帽、腆着啤酒肚的光头年轻司机聊天。

“送点唱机的！”莱娜远远冲我喊道。

“时机把握得真好。”我嘀咕道，把装有马斯洛物品的塑料袋放在卡尔身旁的后座上，他正十分安静地埋头于一本画报。

“我需要一个签名。”司机说道，“也要付钱吧。”

“已经支付了吧？”

司机点点头：“钱一到账，吕佩茨就及时供货！”他也许第一千次笑话过这句广告语，说着递给我夹板和一支笔。

我在单子上签了字，折叠好副本，放入衣袋，准备交给马斯洛。点唱机到货，也许会让他高兴。因为我没有前门的钥匙，司机用双轮运货手推车推过侧门，进入柜子间。

“现在就拆封，连接和测试。”他把新点唱机放在旧点唱机旁边时说。

“一定要这样吗？”我问，“我们眼下有急事。”

“我只需要证明，交送的货物没有受损，能完好使用。”司机说道，“只需十分钟。”

“如果没有其他事情。”司机推开旧点唱机，取出平板，我同时拆开点唱机的包装。

“旧的哪里坏了？”他问道，把平板像果酱油煎饼那样堆叠在一起。

“不知道。”我说，“我是汽车修理工。”去年，这只洛克-奥拉公司的1496女皇——1962年制造的点唱机坏掉时，马斯洛请求我查看电动机和电路，但五分钟过后我便放弃尝试。没有说明书与备件我会彻底出洋相。

“旧点唱机虽然有些年头，有点过时，但是跟新的一样。”司机说，“它是精工细作的产品，您难道没有发现吗？”

“它非常漂亮。”莱娜与卡尔过来观看时，她也说道。一款“乌尔利策3900型美洲牌”自动唱片点唱机，其机械部分被名称夹遮挡，无法看见，正如抓手把单曲唱片放在唱盘上，唱臂落在唱片上。

“我们五分钟之后就出发。”我对莱娜说，一边扯下最后一点保护膜。

“没问题。”莱娜把卡尔带到桌旁，替他打开饼干盒。

司机拿起堆叠的唱片最上面的一片，放入夹子，接通点唱机，它内在的部件随着嗡的一声唤醒，点亮了生命。我不由得想起了UFO，它外观之美让我倾倒。但是当友友置身于牢房，马斯洛躺在病床的景象出现在我面前时，这种短暂的愉悦立刻烟消云散了。

司机往投币口丢了一枚硬币，按了两下按钮，没过多久珀西·斯雷吉[①]的《当男人爱上女人》的乐声便响起来。“对，我找的正是这个！”他笑了，取来剩下的一百一十九块唱片，把它们推入音乐盒夹内。

我在一旁帮忙，完工时，我从冰箱里取出一听可乐，连同十欧元一齐递给他，他客气了一番之后收下小费。然后我送他出去，注视他登上货车，开车离去。他还没有走远，一辆红色奥迪转弯，开到了停车场，停在我身旁。一个约莫四十来岁、穿着衬衫和西装上衣的家伙，摇下车窗，摘掉金属色墨镜，拿下嘴里的香烟。

“这里是温格罗登吗？”他问道。

我点点头。

---

① 珀西·斯雷吉（Percy Sledge，1940—2015），美国老牌蓝调歌手。

“您认识一个叫约瑟夫·凯恩的人吗?”

“谁想了解他?”

“我。”

这家伙嘴巴一咧，露出一丝笑容。“沃尔特，《克雷姆贝格信使报》。”他递给我一张名片。

“他不在这儿。”我说。

“我知道，也许您能告诉我，他住在哪儿?”

“他不在家，您去他那儿干吗?”

“就是看看。”

在我回答之前，一辆白色面包车开过来，停在奥迪车旁。移动门上印着“北方电视”的黑红色字样。一个金黄色头发的瘦女人和一个穿着牛仔裤和T恤衫的长发男子从车上下来。

“喂!”女人冲我喊，一脸堆笑，“丽萨·特施克，我们是北方电视台的。您住在这儿吗?”

她的同事这时候已经从行李箱取来摄像机，扛在肩头。

“不。”我说道，向侧门走去。

记者下了车，观看莱娜的汽车。

“您能给我一分钟时间吗?”女主持在我身后喊道。

我走入酒馆，关好身后的门，拉上所有窗帘。在柜子间昏暗的光线下点唱机呈蓝黄色。歌曲播放完了。有人在敲门。

“我们只向你提几个问题。”女主持喊道。

“这是谁?”莱娜问道。

“你的一位同事。”

“同事?”

“记者?”

“我已经跟你说过了。我不是记者。”

“但也不是真实的你。你为什么来这里?”我把窗帘拉到一侧，往外看。奥迪车的这个家伙正在给“霉菌”拍照。又有人在敲门，一张名片从门下面推进来，我捡起来，扔到吧台后面的垃圾桶里。我最想给自己倒一杯啤酒，但是放弃了这个念头，我给卡尔倒了一杯苹果汁。

“本，到这里来。”

莱娜走到卡尔跟前坐在桌子旁边，严肃地看着我。我不知道为什么，但是某种程度上我害怕她要给我讲的内容。尽管如此我还是在她对面的一把椅子上落座，在卡尔跟前摆好苹果汁。

“你想知道我为何来这里吗?”莱娜问。

我点点头，开始辨认顾客经年累月在桌子上刻下的符号与字母。

“那么……不知道为什么你认为我是记者呢。我当然不是。我在寻找我爸爸。”

我注视着莱娜。“你爸爸?在这里吗?”

莱娜耸耸肩，表露的神情仿佛她自己听着都不相信。

“等一会儿……你所以去了马斯洛的房间？马斯洛大概……？”我张开嘴，但是没有发声。

“我不知道。”莱娜说，“还不确定。我在浴室里只搜集到他几根头发，送去检验。”

我大声一笑：“头发？是做DNA测试？”

莱娜认真地点点头。

“为什么你不直接问他呢？”

“没有用。候选人自己也不知道。此外我首先要认识他们，才能决定我是否对一种父女关系感兴趣。”

“你有几个候选人？”

“三个。我妈妈是……没有孩子是悲哀的。”莱娜再次深呼吸，然后挠挠前臂，直到皮肤变红，“她真是喝多了，通常是一夜情。显然经常这样，无所顾虑。”

“难道你妈妈和马斯洛是一对吗？”

“吃不太准。没有太久。但是有一段时间就足够了。”

我站起来，走了几步。马斯洛是莱娜的父亲。我首先得好好想想：“你为什么不干脆问问你妈呢？”

“她在二月份就去世了。”莱娜说话声那么轻，我只好再次坐到她身旁，“白血病。一种罕见的类型。她的医生甚至针对这种疯狂的血液写了一篇文章，投给一本专业杂志。”

我停顿了一阵儿。“以前呢？”我随后问道，“我是说之前……”

“我小时候，问过她几次，但是她说，她不知道。不知哪天我便放弃了。”

“但是你长大之后呢？”

“我十八岁就离开了家。我妈待在同一个地方不会超过一年。始终有新工作，新房子。我受不了这些，去了柏林，在她过生日、母亲节和圣诞节时寄张卡片，不时打电话。她生病，没告诉我。我获悉时，她已在医院躺了三个礼拜。她衰弱到话都说不出。我坐在她床边，直到她去世。二十三天之久。”

我不知道我该说或做什么。莱娜注视我，嘴唇留下一条窄缝，似乎想徒劳地微笑。我俩同时伸出手臂，握住手。然后发生了有些非常意外又神奇的事情。卡尔停下撕纸片，把他两只手放在我们手上。一只手放在我手上，另一只放在莱娜手上。我们就这样久久地坐着，紧紧握手。外面汽车开到屋前，不知道哪些记者来回敲门。

我们漠视他们。

电话铃响起来，我们也没有动弹。卡尔虽然吓了一跳，但是他的手依然放在应该放的位置。

“也许是霍斯特。”电话响了第五声之后莱娜说，“或者维利。”

我犹豫了片刻，然后起身，走到吧台后面，从挂在墙上的电话机上摘下听筒："喂?"

"《东北信使报》，格拉夫。"一个男声说道，"请告诉我，您是哪位?"

我按了一下叉簧，直到线路发出嘟——嘟——嘟声，我把听筒挂在电话线旁边，返回桌边。卡尔喝了些苹果汁，然而再次埋头于画报。莱娜望着我，粲然一笑，我也报以微笑。点唱机独自闪亮起来。

"你究竟怎么想到了马斯洛呢，"我问道，"还有其他候选人?"

"我的生日减去九个月。还有信和照片等等。"

"马斯洛和你妈妈是如何认识的?"

"在马斯洛父母离开此地之后，他们住在吕内堡，像我妈那样。她在一家保险公司当秘书。马斯洛去那儿看他父母。我妈妈骑自行车与他的汽车撞了一下。她负全责，没有受伤。但是马斯洛邀请她吃晚饭。"

"你从哪儿知道的这些事?"

"最后我妈住在基尔。她去世后，我整理她的房间，发现了信件与照片，还有她的日记。"

"为什么你妈从来没有与你父亲联系过?为了抚养费等等。"

“她也不知道我爸是谁？或者她不想与他有联系。”

“有没有她和马斯洛的照片？”

莱娜笑了：“有。两人一起打高尔夫球。他站在她身后，教她如何击球。但是我认为他想拥抱她。”

我盯着莱娜。她一直在笑，然后严肃起来。

“什么？”她问道，皱起额头。

“没什么。”

“你想过没有，我长着类似他的眼睛和鼻子。”

“不。——对，对。也许吧。”莱娜有可能是马斯洛女儿的想法始终让我觉得特别荒谬。我垂下眼睑，全神贯注于桌面。有人在木头上刻了“永恒”两个字。

“你没有更多问题了？”

“你什么时候知道他是不是你爸爸呢？”

“我把头发送到了检验室。两到三周之内就会有结果。”

“另外两个人呢？”

“第一个不是。庆幸。这家伙是银行家，彻头彻尾的狗屎。马斯洛是第二个。”

“一半一半。”我嘀咕道。

莱娜点点头。

我用指尖顺着弯曲的凹槽前行，如同一条河床从桌子边缘直通中心，直到一处很大的焦斑为止。然后我鼓起勇气，盯住莱娜的眼睛，这双眼睛完全不同于马斯洛。

“你为什么要给我写这封信？”

“我想到了，你一直没有问起来。这封信只是一次测验，本。”

“一次测验？什么测验？”

“就是一种轮胎测验。”莱娜说，“我知道，这对我来说的确有些下流。但是你十七岁……”

“五个月之后，我就十七岁了。”我打断她。

莱娜微笑了：“对了，你快十七岁了。我只是想看看你如何反应。你会不会抛弃一切，你的学业与生活？你是否会推开卡尔，丢下不管？或者你，刚刚成熟。”

“我没有通过吧？”

“为什么没有通过呢？不，你并没有不及格。你不是回来了吗？”

“但是我丢下了卡尔。”

“只有一天。是的。但是你改变主意了。尽管我在梅兰诺等过你。”

“你不在那儿。”

“你怎么知道我不在？”

我们长时间地沉默。卡尔在画报的一页发现了一大块天空。

“你从而哪儿知道卡尔被遗弃的地方?”我随后问莱娜。

莱娜站起来。“噢，对了。这个地区养老院并不多。”她走到点唱机跟前，投下一枚硬币，按了两下键。机器嗡的一声响，然后弗里特伍德·麦克乐队[1]的《歌鸟》的第一声节奏响起。马斯洛宣称他与弗里特伍德·麦克乐队老板打过高尔夫球，那时他还是职业选手，但我不知道是否属实。

莱娜朝我招招手。我站起来，走到她跟前。

“我只是想对你说，我不是十九岁，而是二十岁加四个月。”

然后，她吻了我。

然后，我们一道跳舞。

① 弗里特伍德·麦克乐队（Fleetwood Mac），20世纪60年代末在美国成立，乐队风格几经变革，最终创造出一种成熟而富有感情的软摇滚音乐风格。

一年之后

我仍然住在这儿。温格罗登，这世界的荒郊僻野。我妈妈仍旧在大半个欧洲巡演，我一直在照看我爷爷。尽管如此，还是有些变化。例如我不再厌恶我的生活。我虽然没有强调，我幸福，心满意足，但是谁会这样呢？我已十七岁零七个月，比莱娜还小三年零九个月。五个月之后我就年满十八岁，依照法律规定就算成人了。我勉勉强强地通过了结业考试，现在可以算作园丁。可笑之处在于我甚至能以园丁为职业。我种植玫瑰。我是说我们种玫瑰，卡尔和我。但是要按顺序。

当弗里特伍德·麦克乐队的《歌鸟》曲子一结束，莱娜、卡尔和我驱车前往克雷姆贝格，到医院里探望马斯洛。记者、电视台女主持和摄像师已不见踪影。在主大街上一辆东方之声广播电台的汽车朝我们开来。马斯洛在车祸中的确两条腿骨折，但是其他还算正常。他们的病房里摆放着一台电视机，无声地放送，因为马斯洛绝对不想错过有关UFO和友友的任何报道。他因这件事深受打击，感到愧疚，但是当我们说起记者和电视台摄制组时，他尽管服用了止痛药，仍然兴致高昂，又开始制订新计划。

马斯洛这段时间再次成为名副其实的老头。自发生了车祸，他便使用一条拐杖，但是我认为，他只是拿在手里，因为他认为这样看上去更像探险家。他的沃尔沃彻底受损，我也无法修理。他如今开一辆1966年造的奔驰250SE，是我让这辆车重获新生的。这辆车深蓝色镀漆，洒满银色星星。前门和后备厢盖上贴有UFO装饰画，冷却器罩壳上写着金色字样“永远连接温格罗登”。在地名牌下的广告牌上印有同样的内容。在T恤衫、杯子、明信片、汽车贴纸和钥匙扣上也是相同的广告语。当然，这是马斯洛的主意，经过多年的失败之后，这些努力似乎首次开始奏效。

整个故事的起因是安娜和友友。在高尔基去世后，友友降落在监狱庭院内让两人接受了一段时间的审查拘留。但是鉴定专家很快证实，高尔基心灵受到了伤害，极有可能致命地刺伤自己。有人最后在花园工具棚中找到了证据：在里面除了照片、明信片和图画、鸟毛、旧地图和俄罗斯图书之外，高尔基还保存了一大摞告别信。所有的信都是用潦草的西里尔字母写的，高尔基在每封信中提到：他对战争中所作所为感到抱歉，尽管他爱安娜，但他不想活了。安娜被宣告无罪释放，返回温格罗登，重开商店，还为大家剪头发。

友友被允许一周之后回家。马斯洛能够让检察官相信，友友的飞行不是什么解救行动，而是技术故障，一次难以置信的偶然事件。

尽管如此，友友还是成为一名英雄。他在获释后的每次采访里，都讲到他多么爱安娜。媒体贪婪地扑向这个故事，由此编造出一个充满内心痛苦、渴望和浪漫气息的童话。为了提高销量和参与的系数，他们向读者贩卖降落在女囚监狱内庭不是偶然事件，而是命运的安排。他们强调，不是风和天气决定气球航线，而是友友的期望，在他的意中人身上实现了。大部分公众准备相信这个疯狂的、难以置信的、催人泪下的版本。安娜与友友在成为一家人之前，已经被视为梦幻情侣。他们几周之后再也忍受不了这种混乱，便接受了一名建筑商的邀请，前往特内里费岛他的酒店的蜜月套房度假。

马斯洛不想让安娜与友友离开温格罗登，因为他与他们还有计划。但是他不能阻止他们收拾行李消失一阵儿。他们离开后，一份报纸写道，两人秘密结婚了，就在温格罗登。这虽然不正确，但是这篇报道让马斯洛产生了策划婚礼的主意。他拿到了贷款维修了“霉菌”所有的房间。我和几个小伙子帮他铺设了地板和瓷砖，安装了惠而浦电气和音乐设备，还让所有天花板变成闪亮的星空。现在客栈有五个房间，柜子间变成了博物馆，在里面可以参观马斯洛计划、UFO模型以及镶了镜框的报纸文章。人们当然也可以获得吃喝。库尔特和霍斯特当上了侍者，维利负责照料房间，如果点唱机无法正常工作，阿尔方斯会按照客人的愿望拉手风琴。奥托站在吧台后面。他的妻子将索林根的室内装饰商店店主解雇，回到他身边。希尔卢德在"霉菌"酒馆烹调，照料奥托刮胡子和梳头，帮他增加体重。她私下里告诉我，她要与奥托再次结婚。但这应该是个惊喜。奥托的生日她会在他的大蛋糕里藏一枚婚戒。我现在盼望着他到时候的表情。

自从能在温格罗登结婚以来，一百十四对新人在友友房车的帐篷顶下说了"我愿意"。许多年轻恋人前来，但也有已婚者，想要重温他们的爱情誓言。我们还接待了来自奥地利、瑞士、荷兰、意大利和瑞典的结婚团队。甚至有一对日本的情侣前来结婚，在"霉菌"过了一夜，然后飞往罗马。那两人在日本的报纸上读到了有关我们的报道。

马斯洛在后台工作。他负责让安娜和友友启动的婚姻机器不致停转。他向媒体投送新鲜的全德知名的情侣真实和杜撰的故事，印制小册子，为互联网拍摄广告视频，设想纪念品和叫座的节目。在法庭前为UFO原件返回温格罗登尔抗争，计划让玻璃吹制厂再度运转，与一家酒店联网。他最新的主意是拆除安娜的房子，建一座纪念高尔基和反战纪念碑。安娜反正也不会再次迈进房子一步，我每次开车经过那里，胃部都会一阵痉挛。

有时候我担心，马斯洛接手所有这些计划。但是我随后看到他在公寓办公室里精力充沛，干劲十足地同时打十个电话，放心地确信他从来没有感觉更好过。他有一个梦想，从沉沦之中拯救一处不起眼的穷乡村，没有地方能够再次变成温格罗登。而且他真正实现了梦想。我不知道婚庆生意能持续多久，我们村庄是不是永远成为地图上的一个地方。但是我非常确信，人不该放弃梦想。

我想组装大众巴士，开往非洲。我要看看我爸爸工作的地方，他去世之处。也许此前我得在某个地方干很长时间的机修工。也许我马上就能去非洲，在那里待更久，到处旅行。具体的计划我还没有。目前只一个问题：何时出发。

眼下我是园丁，我与卡尔种植玫瑰花，婚礼需要。这项业务运转良好。我们提供四种不同颜色的花朵：红色、玫瑰色、黄色和白色。供应温格罗登的玫瑰，当然是马斯洛的主意。我最初也不特别兴奋，但是我们从种一个品种开始，它成了畅销货。我不能强调，比起更换气缸垫，我更喜欢剪玫瑰，但是还有更糟糕的事情。为了合理工作，几个年轻人、卡尔和我给花圃做好准备。马斯洛和我妈借给我一笔钱，能够让我们实施紧急的修理。暖房现在也修葺一新，我甚至完成了维修、粉刷露台的工作。

卡尔在户外工作也不错。他虽然不能真正帮忙，有些天他干脆坐在那儿，观察我。这些天，要是换了一年前我还称之为糟糕状况，但是如今我看法却不同。我喜欢与爷爷在一起。我认为他也喜欢与我共处。自从鸟儿返回，似乎卡尔身上也发生了变化。没有什么特别了不起的，那些几乎不认识他的人没法注意到的内容。但是我认为，无论怎样他变得更开朗了，不像去年那么性格内向。他房间的墙壁全都贴满了，他必须寻找一份新工作。我希望他可以找出他过去的集邮册或者回忆起他曾经编织的篮子和刻的木头人。当然，卡尔已做出了选择，找到了他能够播种的东西。他还画画。去年秋天他在一只抽屉里发现了一盒属于塞尔玛的水彩颜料。现在天气好时，他就坐在花园的太阳伞下，或者在露台上，如果下雨或天气冷，就在坐在厨房里，画他刚看到的东西，例如云彩、杯子或者拖鞋。卡尔无法画得特别好，但是他非常努力尽可能准确地表现。在他明信片大小的图画上他花了很多时间，似乎想发现一个茶杯或者拖鞋到底是什么样子。

每当画画时，卡尔都在独自哼唱，有时唱得声音很轻，回忆起我从来没有听到过的歌曲。他最喜欢的歌曲是《大门前的水井旁》。他可以背诵其中的三段。卡尔真是个人物。

莱娜在英格兰待了十个月一周零四天。她找到了她爸爸。马斯洛的头发经过实验室的检验，确定不属于考虑范围。莱娜继续旅行，终于在去年冬天，也就是圣诞节前夕，她的寻觅有了结果。这个男人五十四岁，娶了一个英国女人，除了莱娜还有个十二岁的女儿，在伦敦的BBC法律部门工作。为了弄到他的头发，她在一个公交车站蹑手蹑脚地跟在他身后，剪下一缕头发，然后走掉。我们每周通两到三次电话，她向我讲述霍格勒、米兰达和露茜这三个外国人，他们突然变成了她的家庭成员。有时她几乎充满幸福，有时我又觉得她思想不集中，若有所思，但是我相信她这种情况完全正常。她不知道将在伦敦待多久。但还行吧。

我有时间。

我可以等待。